당신도
잠 못 들고
있었군요

불행하지 않지만
행복하지도 않은 밤

당신도 잠 못 들고 있었군요

은종 지음

PROLOGUE

피어나라, 꽃이여

7살에 처음 명상을 경험한 후, 30년 이상을 명상수행가로서 살아왔다. 명상을 한다고 해서 방석에만 앉아있었던 것은 아니다. 눈 밝은 영성가의 책을 주로 읽었고 현존하는 명망 있는 선생님들을 만나기 위해 택시 타고, 배 타고, 비행기 타고 달려가서 묻고 배웠다. 이집트와 로마를 비롯한 세계 각지를 여행했고 콘서트장에도 달려갔다. 어떻게든 '나는 누구이며 어떻게 살 것인가?'라는 풀리지 않는 의문을 해결하지 않고는 무엇을 해도 2% 부족한 영혼의 허기를 달랠 수 없었기 때문이다.

부산, 대구, 익산, 서울, 밴쿠버…. 거처도 여러 번 옮겼다. 밴쿠버에서는 영어 사용자를 위한 명상 선생님이기도 했고, 텃밭을 가꾸는 농부이기도 했다. 20대 중반에는 호주 산 속 낡은 캠핑카에 둥지를 틀고 나무 심고 닭장을 치는 우퍼로서의 생활도 했다. 삶이 호락호락 한 것도 아니었다. 사랑 때문에, 그리움 때문에 남모를 가슴앓이도 했었고 외로움의 민낯을 보고 홀로 자유로워지는 순간까지 한 없이 외로운 시절도 있었다. 서울에서는 일만 하다가 과욕이 부른 화로 인해 건강을 잃고 두개골을 절개하는 수술을 받기도 했다.

다양한 일을 경험하면서 표면적으로 보이는 삶이 어떠하든 '나는 누구이며 어떻게 살 것인가?'하는 의문을 내려놓은 적이 없었다. 끊임없이 묻고 배우고 의문하고 실험했다.

하나의 목표를 향해 달려온 30년 세월은 많은 변화를 가져다주었다. 어느 순간부터 삶이 단순하고 명료해졌다. 자유로워졌고 편안해졌다. 나는 누구인지, 어떻게 살아야 하는지 조금은 알게 되었기 때문이다. 비로소 그 많던 의문이 풀린 자리에 사랑이 자라나기 시작했다. 외롭고 흔들리고 아픈 시간을 나만 겪는 것이 아님을 알게 되었다. 그래서 들려주고 싶었다. 뜻대로 되지 않는 사랑, 학업, 취업, 결혼, 육아, 관계 등 헤아릴 수 없는 인생의 과제들을 마주한 이들에게 말해주고 싶었다. 괜찮다고, 혼자만 힘든 게 아니라고, 우리 모두는 흔들리며 피어나는 한 송이 꽃이라고. 각자의 꿈을 간직한 채 녹록치 않은 현실에 눈, 비, 바람을 맞으며 갖은 아픔과 슬픔, 힘겨움을 자양분 삼아 피어나는 꽃들이라고. 나만 힘든 게 아니라 다른 사람도 똑같이 힘든 삶을 살고 있다는 사실을 아는 것만으로도 위안이 된다. 용기가 솟는다.

우리 모두는 색깔만 다를 뿐 감당해야 하는 삶의 무게는 같다. 비교하고 경쟁하거나 눈치 볼 이유가 없다. 시기나 질투 또한 무의미하다. 각자의 몫이 다르기 때문이다. 오히려 가까이 있는 당신이 잘 되는 것이 나의 가능성이 된다. 유사한 것들은 서로 끌어당기기 때문이다.

돌아보니 누군가에게 들려주고 싶다는 마음으로 쓰기 시작한 글이었지만 결국 나를 돌아보며 치유와 정리의 시간을 갖게 되었다. 결국 나 또한 이 시대 갖은 어려움에 봉착하여 좌절하고 고뇌

하고 아파하는 한 인간이니까. 굴곡 있는 인생의 여정을 함께 하고 있는 동병상련의 여행자 중 한 사람일 따름이니까….

혼자만 힘들다고 생각하면 외롭기까지 하다. 우울하고 가슴 아프다. 하지만 결코 그렇지 않다. 말 못 할 사연을 안고 살아가는 사람이 한 둘이 아니다. 어쩌면 행복하고 힘든 시간의 총량은 같다. 단지 말하지 않기 때문에 서로 모를 따름이다. 그러니 안심해도 된다. 정신만 차리면 우리 삶에 일어나는 어떤 일들도 우리를 성장시키는 힘이 되어준다.

일어나지 않아야 할 일은 일어나지 않고, 일어나는 모든 일들은 이유가 있다. 그 이유를 발견하여 떨치고 일어나 앞으로 나아가는 과정을 통해 우리는 더 단단하게 자란다. 그 힘으로 우리라는 꽃씨는 향기와 빛깔을 더하며 더 선명하게 피어난다. 꽃을 보면 사람들은 미소 짓는다. 벌과 나비도 날아들고 그들 또한 행복해 한다.

최대한 솔직한 마음으로 진솔하게 이야기하고 싶었다. 이 글을 읽고 외롭고 아프고 흔들리는 우리의 청춘들이 좀 더 용기를 내고 일어설 수 있기를 바란다. 불행하지 않지만 행복하지도 않은 사람들이 자신의 내면을 더 깊이 바라보고 자신의 재능과 꿈을 발견하여 가슴 설레고 행복한 삶을 향하기를, 마음 깊은 곳에서 꿈틀대는 도전 정신을 가진 이들 또한 두려움 없이 자신 있게 직관을 따라 꿈을 향해 자신을 던져보기를 바란다.

행복하기를 원한다면 철저하게 내가 선택하고 나에게 어울리는 행복을 찾아야 한다. 그래야 경쟁하지 않고 비교하지 않고 우울하지 않다. 피어나는 꽃들이 옆의 꽃들과 경쟁하지 않듯, 우리도 경쟁할 필요가 없다. 나의 길이 있으니까. 그걸 모르니 경쟁하고 비교하고 눈치를 본다. 뜻대로 되지 않으면 불안하다. 우울하기까지 하다. 20대에 해결할 수 있다면 그냥 나아가면 된다. 하지만 30대, 40대가 되어도 그 사실을 알지 못하고 막연한 행복만 쫓다가는 불안과 두려움이 끊일 날이 없다. 나의 행복이 깃들 보금자리를 찾지 못했기 때문이다.

그늘을 좋아하는 꽃을 땡볕에 심어놓으면 그 꽃이 행복할 리 없다. 우리도 마찬가지다. 굶어도 노래할 수 있어서 행복하다면 그것이 행복한 것이다. 힘이 들어도 의미가 있고 행복하다면 괜찮은 것이다.

행복한가? 왜 행복한가? 힘들고 두렵고 외로운가? 왜 그렇게 힘들고 두렵고 화가 나는가? 밖으로 향하던 시선을 안으로 돌려 스스로에게 물어보자. 그리고 알아내자. 나는 어떤 꽃씨인지를. 어떤 일, 어떤 사랑에 가슴 떨리고 행복해하는지를.

피어나라, 꽃이여! 그대만의 향기와 빛깔로.

하나

과거

돌아보지 마.

후회하지 마.

그 땐 그것이 최선이었으니까

둘

미래

걱정하지 말라,

모든 것은 변하고

무엇이 좋은 지 나쁜지 모르니까

셋

현재

지금 이 순간을 살라, 한 번 뿐인 인생이니까

넷

명상

자기 인생을 살라, 그래야 온전히 행복할 수 있으니까

하나

과거

돌아보지 마.

후회하지 마.

그 땐 그것이 최선이었으니까

1.

괜찮다,
쉽지 않은 게 인생이다

문득 전장에서 홀로 싸우는 듯 한 느낌을 받을 때가 있었다. 열심히 살았지만 손에 잡히는 게 없다고 느껴질 때. 나이 30이 넘었지만 안정된 위치도 아니고 경제적으로도 자유롭지 못하니 막막했다. '나만 그런 건가? 다른 사람들도 그런가?' 의문을 가져봤지만 딱히 알아낼 방법이 없었다.

누구에게 물어볼 수도 없었다. 분명 학교 다닐 때까지는 이러지 않았는데 왠지 사회생활을 하면서 뒤처지는 것 같아 마음도 상했다. 학교에서 성적이 좋았기 때문에 자괴감은 더 컸다. 말이 줄었고, 주위에 말 통하는 사람이 별로 없었다.

하지만 깨달았다. 나만 그런 게 아니라는 것, 인생이 그렇게 쉽게 안정되거나 평온해지지 않는다는 사실을. 가진 사람들은 가진 사람대로 더 가지고 지키기 위해, 못 가진 사람들은 차지하고 얻기 위해 애써 왔다. 그들의 삶은 그리 평탄치 않았다. 그저 이 길인가 저 길인가 달려보고 있을 뿐 흔들림 없는 성공이나 어려움 없는 인생은 없었다. 너도 나도 삐걱거리는 고장 난 수레를 끌며 끝나지 않는 길을 걷고 있는 여행자들이었던 것이다.

삶이 어려운 건 가지거나 못 가진 데서 오는 문제가 아니다. '나는 누구인가? 어떻게 살아야하는가?' 그 근본적인 문제를 해결하지 않고는 혼란과 갈등, 막막함과 두려움을 떨치지 못한 채 살 수밖에 없다. 결국 나에 대해, 세상에 대해 잘 알아서 자기에게 맞는 행복을 찾아야 한다. 세상이 뭐라 해도 '자기 기준'으로 살 때 그 막막함과 두려움으로부터 벗어날 수 있다.

세계 곳곳에서 기존의 사고방식이나 기준을 벗어나서 자기 방식대로 행복을 추구하는 사람들이 늘고 있다.

유튜브를 보면 확실히 그런 변화를 읽을 수 있다. 100여 개국을 여행만 하는 부부, 미니멀 라이프를 실천하는 사람들, 전기를 쓰지 않고 친환경 생활을 하는 사람들…. 예전에는 꿈만 꾸던 삶을 실현하는 사람들이 확연히 늘어나고 있다. 제도권 내의 일정한 패턴 안에서 행복을 꿈꾸던 사람들이 박스를 떨치고 나가 개인적인 행복을 실험하고 있는 것이다.

30대에 앞날이 막막하고 자신이 없는 것은 지극히 당연한 것이다. 아니 40대가 되고 50대가 된다고 해도 삶에 대한 깊은 통찰 없이는 흔들리기 마련이다. 그런 통찰을 얻은 사람이 얼마나 되겠나. 그러니 지금도 많은 사람들이 흔들리는 삶 속에서 그저 열심히 노력하며 살 뿐이다. 아무리 비싼 집, 좋은 차, 안정된 직장, 경제적인 부를 이루었다 하더라도 그 마음마저 평온한지는 모를 일이다.

비록 지금 이 순간 앞이 막막하더라도 너무 불안해하지 않아도 된다. 중요한 것은 질문하기를 멈추지 말아야 한다는 것이다.

'나는 누구인가? 어떨 때 행복하고 어떨 때 불행한가? 가슴 설레게 하는 것은 무엇이고 죽어도 하기 싫은 것은 무엇인가? 형편만 허락한다면 어떻게 살고 싶은가? 당장 해결해야 할 과제는 무엇인가? 지금 꼭 하고 싶은 것은 무엇이며 안 해도 되는 것은 무엇인가? 내가 두려워하는 것이 구체적으로 무엇인가? 지금 당장 살고 싶은 삶을 가로 막고 있는 것은 무엇인가?'

이렇게 질문을 놓지 않되 출근, 등교, 가사나 육아와 같이 일상에서 해야 할 일을 제대로 하는 것은 기본이다. 의무와 책임을 저버린 채 자기의 행복만 추구한다면 주위의 비난이나 양심의 가책을 면하기 어렵다. 자신에게 맞는 행복의 방향이 명료해질 때까지 일단 할 일은 해야 한다.

또, 해서는 안 되는 일은 하지 말라. 후유증을 남기기 때문이다. 하지 말아야 할 일을 하게 되면 거짓말을 해야 하거나 책임질 일이 생긴다. 어떤 형태로든 정신을 혼란스럽게 하고 불안을 가중시킨다.

그리고 시간이 허락하는 대로 꼭 해보고 싶은 일에 시간과 에너지를 투자하라. 앞이 보이지 않고 무엇을 어떻게 해야 할지 모르겠다면 뺄셈을 적용할 수도 있다. 자기가 꼭 하지 않아도 되는 일은 하나씩 줄여가는 것이다. 그렇게 삶에 여백을 만들어 나가고 에너지를 비축하게 되면 영감이 떠오르고 용기가 솟아난다. 그 때 하고 싶은 일에 도전해도 늦지 않다.

주의할 것은 힘든 것을 당연시하며 아무런 조치도 취하지 않고 무기력하게 주저 앉는 거다. 노력 없이 무슨 일이 저절로 일어나기를 바라는 것은 헛된 바람이고 욕심이다. 어떤 긍정적인 변화도 불러오지 못한다. 더 악화될 수 있다. 어떻게든 정신을 차려 질문하고 아닌 것은 버리고 원하는 것을 선택해 나가야 한다.

쉽지 않은 게 인생이다. 그러니 힘들어도 괜찮다. 남들도 힘들다.

그렇다고 모두가 그렇게 힘들게 사는 것만도 아니다. 누군가는 자신의 문제를 직시하고, 자신의 욕구를 자각하여 적극적으로 자기 행복을 주도한다. 그런 사람들은 세상의 편견이나 오해도 불사하고 자신의 행복을 꿋꿋하게 구축해 나간다. 선택은 당신에게 달렸다. 어떻게 하고 싶은가?

2.
나의 30대는 치열했고,
넘어졌고, 배웠다

나의 30대는 치열했다.

내가 어떤 사람인지, 무엇을 하고 싶은지, 어떻게 해야 하는지 도저히 알 수 없어 극심한 우울증을 겪기도 했다. 겉으로 보기엔 멀쩡했지만 퇴근 시간부터 다음 날 출근까지 무작정 잠만 자며 하루를 보냈다. 하고 싶은 일도, 가고 싶은 곳도 없었다. 매사에 의욕이 없었다.

그러던 어느 날 극심한 우울감이 빠져나갈 통로를 발견했다. 내게 들려주고 싶은 말, 내 마음이 하고 싶은 말들을 대신 해주는 인연을 만난 거다. 난 어느새 그 음악가의 노래에 빠져들고 있었다. 그의 노래를 듣거나 공연장을 찾을 때면 나를 괴롭혔던 불안과 막막함을 잊을 수 있었다. '그도 그런 날이 있었구나. 나만 그런 것이 아니구나.' 그를 통해 안도할 수 있었다. 그는 나에게 위로였다.

세상 막막함과 절박함을 혼자 겪고 있다 느끼면 외로움마저 엄습해 온다. 하지만 이 세상 어딘가에 나와 같은 힘겨움을 겪고 있는 또 다른 존재가 있음을 알게 되면 깊은 안도감이 느껴진다. 아이러니하게도 '내가 힘이 되어 주고 싶다'라는 마음도 생겨난다.

그의 성공적인 공연은 나의 기쁨이 되었다. 공연장의 화려한 불빛과 대형 스피커를 통해 온몸에 전해지는 강렬한 비트, 세션들의 화려한 연주와 음률, 온 힘을 다해 노래하는 그의 열정은 나의 혼란스럽고 막막한 머리와 가슴을 달래 주었다.

2시간 정도 때로는 감미롭게 때로는 강력하게 음악으로 하나 된 몰입의 순간이 지나고 알 수 없는 일들이 일어났다. 집으로 돌아오는 길에 꼬리에 꼬리를 무는 의문들이 생겨났고, 해답 또한 저절로 따라왔다. 수많은 영감이 떠올랐고 글이 쓰고 싶어졌다.

한 번도 만나본 적 없는 사람들이지만, 지금 이 순간에도 나와 같은 어려움을 겪고 있거나 이미 겪어냈을 사람들이 떠올랐다.

그 사람들을 생각하며 글을 써나가기 시작했다. 이 세상 어딘가에 함께 나눌 사연이 있는 누군가가 있다는 것만으로도 위안이 되었다. 그 믿음은 없는 시간을 쪼개가며 글을 쓰게 했고 나눌 방법을 찾게 했다.

홈페이지에 답이 있었다. 사이버 공간에서는 지역에 상관없이 누구나 쉽게 만날 수 있으니까. 밤을 새워 7~8개에 달하는 프로그램을 독학했다. 인터넷 강의를 통해 홈페이지 기획을 비롯하여 html, 포토샵, 드림위버, 알 ftp, 게시판에 관한 모든 것을 공부했다. 틈틈이 사진을 찍고 밤을 새워 포토샵 작업을 하면서 내 손으로 홈페이지를 만들어 회원 관리를 시작했다. 일주일에 한 번 글을 쓰고, 내용에 어울리는 사진과 음악을 첨부하여 500여 명의 회원에게 이 메일을 보내고 댓글을 받았다.

몸은 힘들었지만 마음은 지칠 줄을 몰랐다. 누군가에게 힘이 되고 위안이 된다고 생각하니 오히려 가슴이 설렜다. 글을 쓰면서 나 자신에 대한 이해도 깊어지기 시작했다. 글을 보내고 댓글을 받는 일이 일상이 되어 갈 무렵 그에게 가고 싶었다.

나를 설레게 했고, 영감과 위안을 주었던 그 음악가에게 감사의 마음을 전하고 싶었다. 홈페이지에 썼던 글을 묶어 책을 만들어서 공연장에서 전달했다. 그를 언급한 페이지를 펼쳐서. 그는 화답했다. 연주와 낭송으로. 그가 펼쳐진 대목을 읽자 세선들이 배경음악을 깔아주었다. 너무 멋진 순간이었다. 그는 한 번 더 읽어주었다. 마음과 마음이 전해지는 꿈같은 시간이었다. 나는 그에게 그는 나에게 고마움을 전하는 잊지 못할 순간이었다.

때로는 모든 것을 내려놓고 떠나야 하는 순간이 온다. 그래서 나도 떠났다. 태평양을 건너 밴쿠버 브리티시콜럼비아 대학 UBC. 아는 사람 하나 없는 기숙사에 세계 각국에서 온 학생, 연구원, 교수들과 교류하며 서양 사회에 부는 선 명상의 조류를 연구했다. 실제 명상 수련을 위해 시내 명상센터와 대학 내 그룹 명상과 리트릿에도 참여했다. 때때로 '지금 내가 왜 여기 있나?' 자문하며 삶의 근원적인 문제와 맞닥뜨리곤 했다. 논문 초록을 마치고 예상보다 일찍 한국으로 돌아왔다.

돌아와서 처음으로 방송 일을 맡게 되었다. 대학에서 명상을 강의하며 라디오 방송 PD이자 MC로서 생방송을 진행했다. 방송은 생각보다 고된 일이다. 생방송을 'on air' 라고 하듯이 라디오는 방송이 나가는 순간 공기 중에 사라진다. 요즘은 많이 달라졌지만, 당시엔 방송이 나가고 나면 그것으로 끝이었다. 인터넷 다시 듣기도 있었지만, 새롭게 또 다른 내용을 만들어야 했다. 근사하게 보이는 것과 달리 방송은 체력 싸움이었다.

그렇게 바쁜 와중에도 오는 잠을 설쳐가며 논문을 완성하여 박사학위를 받았다. 홈페이지에 실었던 글을 엮어 책도 한 권 더 출판했다. 내 인생 두 번째 책이었다.

20대에 계획했던 일들을 거의 마친 것 같아 나를 위한 투자는 그만해도 될 것 같았다. '그래, 앞으로는 나를 던져 보자. 온 마음을 다해 주어지는 일에 최선을 다해보자.' 그 마음으로 짐을 쌌다. 서울로 갔다.

또 새로운 일이 펼쳐졌다. 몇 달간 라디오 프로그램 생방송을 진행하면서 TV방송 편성제작본부장이 되었다. 경영이 어려워진 방송국을 살려야 하는 업무가 주어졌는데 시작부터 보통 힘든 게 아니었다. 근무시간에는 라디오와 TV 관련 업무를 하고, 쉬는 시간에는 TV방송과 그 운영에 대한 전반적인 학습을 해야 했다.

평생 한가하게 살아본 적은 없었지만 그렇게 바쁘고 경제적으로 애가 타고 몸이 피곤했던 적은 없었다. 사생활이 없었다. 오직 일, 잠, 일, 잠이 있을 뿐이었다. 그러던 어느 날 위기가 찾아왔다. 건강에 문제가 생겨 모든 걸 내려놓아야 할 순간을 다시 맞게 된 것이다.

일일이 언급할 수가 없다. 그 외에도 다사다난한 일들이 수도 없이 많았으니까. 나는 뜨거웠고, 참지 못했고, 길을 찾아 헤맸다. 궁금한 건 실험했고 경험했다. 그렇게 나의 30대는 치열했고 위기를 맞았다. 몰아쳤던 시간이 건강에 적신호를 보내왔고, 멈춰야 하는 순간이 되었다. 그러다 문득 30대가 저물고 40대로 넘어가는 시작점에 서 있는 나를 발견하게 되었다.

언젠가 귀로만 들었던 회장님의 말씀이 가슴으로부터 울려왔다.

"본부장은 도대체 왜 그래요? 마치 내일 죽을 사람처럼. 왜 그렇게 숨이 가빠요?"

동시에 내 안에서 답도 들려왔다.

'과욕이 화를 불렀구나.'

순간, 그 길밖에 없다고 굳게 믿었던 신념에 문제가 있었다는 것을 발견하였다. 말 못할 후회가 밀려왔다. 처음 느껴보는 기분이었다. 너무 잘하려는 마음에 주위를 살피지 못했고 일만 하느라 사람을 돌아보지 못했다.

마치 내일 죽을 사람처럼 난 무엇을 위해 그렇게 달려왔던 걸까. 나 자신조차 돌보지 못하고 죽을 힘을 다해 달려서 도대체 어디에 이르고자 했던 것일까.

잘하려는 의도는 좋다. 하지만 정도를 넘어 너무 잘하려는 것은 욕심이다. 성과만 보고 강박에 가깝게 전력 질주하다 보면 놓치는 것이 많다. 특히 사람을 잃는다. 건강도 잃기 쉽다. 그렇게 많은 것을 잃고 열심히 살아서 뭘 하자는 것인가. 균형감각을 갖고 길고 넓고 깊게 보는 지혜가 필요하다는 걸 배웠다. 치열한 30대를 마칠 쯤에 이르러서야 비로소.

3.
다 지나가더라,
잊혀지더라

누구나 실수를 한다. 하다 보면 잘 할 수도 있고 못 할 수도 있다. 그런데 실수를 잊지 못하는 사람들은 자꾸 뒤돌아보고 지난 실수를 곱씹으며 벗어나지도 앞으로 나아가지도 못한다.

"이젠 됐어. 배웠으면 됐어. 다시 그러지 않으면 돼."

그래도 소용이 없다. 몇 달이 지나도 제자리다. 해가 바껴도 그 자리다. 본인은 잊었다고, 괜찮다고 하지만 무슨 이야기를 해도 과거의 잘못을, 뼈아픈 기억을 벗어나지 못한다. 한 두 사람이 아니다. 지금 느끼는 이 무력감이나 용기 없음의 모든 원인이 마치 힘들었던 과거에 있는 것처럼 자꾸 과거를 들추고 그리로 달아나려 한다.

이유는 다양하다. '어린 시절이 불행해서, 부모님의 사랑을 온전히 받지 못해서, 사랑하면 아프니까, 억울한 일을 당해서, 실수할 지도 모르니까, 또 배신당하면 어떻게 해, 버림받을 수도 있어, 남들이 나를 어떻게 생각할지 몰라, 또 그런 일이 일어나면 어떻게 해.' 마치 불행했던 과거의 경험들이 딱딱하게 굳어서 가슴에 박혀있는 듯 좀처럼 흘러 보내지 못하고 오히려 본인들이 움켜쥐고 있다. 마음은 자유롭고 싶다면서 그렇게 하지를 못한다. 몸에 상처가 나면 적당한 처치를 한 후 가만히 놔둬야 한다. 그래야 딱지가 떨어지고 새살이 돋는다. 자꾸 들여다보고 만지면 오히려 덧나서 상처가 쉽게 아물지 못한다. 마음의 상처도 그렇다. 자꾸 긁고 만지면 더 악화된다.

왜 그럴까? 왜 그렇게 과거의 실수나 아픔, 슬픔, 억울함, 창피함 등을 잊지 못하는 걸까? 왜 자꾸 들여다보고 후회하고 건드리며 아파하는 걸까?

두려움이다. 실수를 하게 될까 봐, 다시는 아프고 슬프고 억울하고 창피한 일을 겪고 싶지 않은데 또 그런 일이 일어날까 봐,

또는 다른 사람의 기억 속에 잊혀 지지 않고 남아 있을까봐 두려운 것이다.

곱게 자란 사람들일수록 힘든 경험을 이겨내지 못한다. 성공경험이 많은 사람들도 그렇고, 완벽주의자들도 그렇다. 이제껏 잘 해왔기 때문에 스스로 용납이 잘 되지 않기 때문이다. 어리고 경험이 부족한 사람들도 그렇다. 경험이 많지 않기 때문에 사소한 실패나 아픈 기억에도 예민하게 반응하고 쉽게 잊지 못한다. 이 모든 사람들에게 꼭 해주고 싶은 말이 있다.

"다 지나가더라, 잊혀지더라."

밤잠 못자고 슬퍼하고 그리워했던 사람도, 주체할 수 없는 무력감을 동반했던 억울함도, 생각할수록 민망하고 창피했던 일들도, 복도가 떠나갈 듯 소리 내어 울었던 설움도 다 지나갔다. 그렇게 두려워하지 않아도 된다. 일 당하면 그 때 직면해도 늦지 않다.

중요한 것은 배우는 일이다. 슬프고 아프고 힘들었던 경험을 통해 배우면 된다. 그 배움과 앎은 다른 사람의 고통에 더 깊이 공감할 수 있고, 비슷한 상황이 오면 보다 현명하게 마주할 수 있는 힘이 되어 줄 것이다.

그러니 너무 두려워하지 말고 털고 일어나라. 뒤돌아보지 말고 앞으로 나아가라. 과거에 갇혀 끙끙대지 마라. 앞으로 펼쳐질 무궁무진한 가능성의 시간을 허비하지 마라.

다 지나가더라. 잊혀지더라.

4.

울지 마라, 그(그녀)는 떠났다

꽃이 질 때 인상적인 꽃이 있는가 하면, 필 때는 예쁜데 질 때는 지저분한 꽃이 있다. 양귀비나 동백은 필 때도 아름답지만 질 때도 꽤 느낌이 있다. 양귀비는 나비가 날갯짓 하듯 진다. 색깔 하나 변치 않고 사뿐히 내려앉듯 꽃잎을 떨군다. 동백도 그렇다. 큰 꽃들이 송이채 뚝 뚝 떨어져 내린다. 그래서 동백이 피고 질 때는 나무에도 땅에도 빨간 동백꽃이 한가득이다. 장관이다.

하지만 목련은 필 때는 크림색 꽃봉오리가 정갈하고 청순하지만 질 때는 갈색으로 변하며 지저분하다. 그래서 사람들은 말한다. "필 때는 참 예쁜데." 예쁠 때도 질 때를 떠올리며 걱정한다.

사랑도 질 때의 모습이 다양하다. 사랑하고 행복하고 배우고 성장하는 전 과정을 통하여 사랑도 꽃만큼 다양한 얼굴을 갖는다. 사랑의 가장 아름답지 않은 얼굴 중 하나는 미련이다. 이별 앞에서 매달리며 붙잡는 감정소모.

사랑이 떠나갈 때는 징조가 있다. 이별을 인정하지 못하기 때문에 미련을 갖고 매달린다. 정신을 차리면 붙잡아서 올 사람인지 잡아도 떠날 사람인지 알 수 있다. 자기감정에 복받쳐서 현실을 인정하지 못하고 상대의 감정을 존중하지 못하는 것이 '미련'이다. 미련을 갖는 사람도 울면서 매달릴지언정 속으로는 알고 있다. 이렇게 한다고 될 일이 아니라는 것을.

밴쿠버에서 지내던 어느 날 산책을 하는데 전화가 울렸다. "저, 한국 좀 다녀오겠습니다." 그런데 순간 몸으로 느낄 수 있었다. 가슴 속에서 뭔가가 툭 떨어져 내렸기 때문이다. '다시 만날 수 없겠군.' 친구도 연인도 아니고 아는 분이었다. 평소에 잘 챙겨주셔서 고맙게 생각하던 분이었다. 통화 내용은 간단했다. 다른 말은 안했지만, '마지막'이란 걸 느낄 수 있었다. 예상대로 그날 이후 다시 만나지 못했다. 다른 나라로 이주를 한 것이다.

한 참 뒤, 우연히 공항에서 만났다. 너무 반가웠다. 좋은 인연이 그렇게 헤어지는 건 아쉬운 일이니까. 공항에서 감사 인사는 전할 수 있어서 다행이었다. 그분은 다시 돌아오지 않았다. 육감이라고 했던가. 사람들은 본능적으로 안다. 말하지 않아도 무슨 일이 일어날지.

우리는 살면서 많은 사람을 만나고 떠나보낸다. 잘 만나는 것만큼 잘 헤어지는 것도 중요하다. 헤어지더라도 색깔이 다른 좋은 관계로 남을 수 있다. 헤어질 때 잘 못 헤어지면 다시 보고 싶지 않은 인연이 되고 만다. 그래서 현자들은 말한다. 헤어질 때 서운하지 않게 해야 한다고. 인생은 알 수 없는 일이라서 언제 어디서 다시 만나게 될지 모르기 때문이다.

특히 연인들이 헤어지는 일은 마음 아프고 슬픈 일이다. 하지만 사랑했던 사람과 헤어지면서 '미련'처럼 '미련한 일'도 없다. 마음이야 아프겠지만 좋았던 관계가 소원해지는 데는 그만한 이유가 있기 때문이다. 시간을 오래 끈다고 관계가 정상화되지 않는다. 떠나는 사람은 떠날 이유가 충분하다. 고칠 수 있는 관계라고 판단되면 고칠 것이다. 떠나려고 마음을 먹었을 때는 이미 고칠 수 없다고 판단했기 때문이다.

만나서 행복했던 순간을 꽃이라고 생각해 보자. 사랑하는 사람을 만나 형형색색의 다채로운 꽃을 피웠다. 그 꽃들은 언제라도 소중하고 아름다운 추억으로 남을 것이다. 돌아서는 사람을 붙잡고 미련을 떨치지 못하는 것은 질 때 추하게 지는 꽃과 같다.

아무리 아름다운 사랑이었다 하더라도 헤어질 때 추한 모습을 보이면 그 마지막 기억이 추하게 남는다. 다시 만날 기약은 아예 없어진다.

어떤 만남이든지 헤어짐에는 징조가 있다. 사소한 다툼이나 삐걱거림이 이별을 불러오지는 않기 때문이다. 어쩔 수 없으니 떠나려고 마음을 먹었을 것이다. 붙잡거나 매달리지 마라. 돌아오지 않는다. 비어버린 자리가 외로우면 울어도 된다. 버림받았다고 느껴질 테니까. 사랑했다면 그 사람을 믿어야한다. 이별이 최선이라고 생각했기 때문에 헤어지는 거라고.

그러니 너무 오래 울지 마라. 그는 떠났다. 그녀도 떠났다. 차라리 울음을 멈추고 그와 그녀의 앞날을 축복해 주라. 자신을 위해서도 그 사랑을 아름답게 간직하라. 서로를 위한 최선의 선택일 테니까.

5.

아파도
사랑은 계속 되어야 한다

벌써 20년도 훌쩍 지난 일이다. 시드니 발 서울 행 비행기 안이었다. 옆 좌석에 앉은 여학생이 비행기를 타자마자 흐느끼기 시작했다. 손에 든 사진을 들여다보면서 울고, 눈을 감고 울고, 또 다시 사진을 보면서 울었다. 그렇게 울기를 한국에 도착할 때까지 멈추지 않았다. 거의 10시간 이상을 울고 있었다. 공항에 도착할 무렵 조심스럽게 사연을 물어보았다.

남자친구와 헤어졌다는 것이다. 3개월간의 시드니 어학연수 기간에 사귄 남자친구인데 언제 다시 만날지 몰라 너무 슬프다고 했다. 지금은 핸드폰만 있으면 언제든 영상통화가 되지만, 당시에는 이렇게 헤어지면 다시 만날 기약이 없었다.

이방인을 만나 사랑을 시작하면서 이런 날이 오리란 걸 모를 리 없었다. 3개월의 시한부 체류니까. 그런데도 이렇게 오랜 시간 울 수 있다는 건 그만큼 앞뒤 생각하지 않고 마음을 다해 사랑했다는 거 아닌가.

옆에서 계속되는 흐느낌이 몸으로 전해졌다. 마음도 아팠다. 그런데 한편으로는 이렇게 울 수 있는 어린 날의 사랑이 예뻤다. 말해주고 싶었지만 차마 하지 못했다. 그런 순수한 사랑을 할 수 있어 행운이라고, 지금 당장은 아프고 슬프지만 먼 훗날 생각해 보면 그립고 가슴 따뜻한 추억이 될 거라고, 사랑을 잃었다고 너무 슬퍼하지 말라고, 다시 사랑하게 되면 그 사람에게 주고 싶었던 몫까지 더 사랑해도 된다고.

가슴 아팠던 사랑 때문에 사랑을 포기하는 사람들을 종종 본다. 생각보다 많다. 한 번의 사랑이 너무 아파서 다시는 사랑할 수 없는 사람들. 그래도 사랑은 계속되어야 한다. 만나고 사랑하고 헤어지는 과정을 통해 우리는 배우고 성장한다. 헤어짐의 아픔을 통해 우리는 나와 세상, 타인을 보다 깊이 이해하고 사랑할 수 있게 되는 것이다.

자동차 사고를 내 본 사람은 그 즉시 운전대 잡기가 쉽지 않다. 운전하기가 두렵기 때문이다. 주위에도 있다. 자동차 사고 후 운전대를 놓아버린 사람들. 그날 이후 운전만큼은 누군가에게 의존하는 사람이 되고 만다. 힘들거나 두려워도 운전을 다시 시작한 사람들은 지금까지 운전을 계속할 수 있다. 본인 뜻대로 자유롭게 어디든 갈 수 있다.

나도 그랬다. 한국에서 13년간 운전하면서 티켓 한 번 끊지 않았는데 밴쿠버에서 순간적으로 사고를 냈다. 냉정을 잃지 않고 사고처리를 하고 집에 오는데 정말 한국으로 돌아가고 싶었다. 운전에 대한 자신감 뿐 아니라 타국에서 혼자 사는 일을 더 이상 감당하지 못할 것 같았다. 문제는 그 다음날 약속이었다. 운전을 해야 하는데 도와줄 사람이 없었다. 내가 해야 하는 것이다. 차라리 다행이었다. 마음을 굳게 먹고 다시 운전대를 잡았다. 그렇게 해서 밴쿠버에서 5년을 더 지낼 수 있었다.

마찬가지로 한 번 아팠던 사랑 때문에 포기해버리면 다시 누군가를 사랑하기가 쉽지 않다. 세월이 흐르고 고착되면 더욱 어려워진다. 혼자 지내는 것이 나쁜 것은 아니다. 사랑하지 않아도 된다. 하지만 사랑을 해야 하는 사람이 사랑의 다양한 얼굴을 경험하기도 전에 실망과 두려움 때문에 포기한다면 안타까운 일이다.

이런저런 사랑을 해본 사람은 안다. 사랑이 사람을 얼마나 강인하게 하는지, 얼마나 설레게 하고 가슴 뛰게 하는지, 얼마나 많이 웃게 하고 혼자 있을 때조차 미소 짓게 만드는지. 사랑은 없던 능력을 생기게 하고 새벽부터 사람을 춤추게도 만든다. 물론 두려움도 있다. 이 사랑 잃어버릴까봐. 그리움도 있다. '그대가 곁에 있어도 나는 그대가 그립다'고 하지 않던가. 그럼에도 불구하고 사랑하는 사람이 있기에 얼마나 많은 사람들이 그 사랑에 기대어 지친 하루를 쉬고, 절망 속에서도 일어설 용기를 내고 있는가.

아파도 사랑이다. 헤어져서 아픈 만큼 사랑한 거다. 사랑을 잃고 아파할 수 있는 사람은 온 마음을 다해 사랑할 수 있는 사람이다. 사랑이 많은 사람이다. 그러니 포기하지 마라. 큰 사랑을 가진 사람은 큰 사랑을 받을 자격이 있다.

6.
한 밤의 소나기처럼 울어도 된다

슬픔이 가슴 깊이 차오를 때가 있다. 때로는 아픔이, 때로는 억울함이.

하루는 소나기 소리에 놀라서 잠을 깼다. 한밤중에 퍼붓는 빗소리가 얼마나 요란하던지. 쏴아~ 쏴아~ 칠흑 같은 어둠을 뚫고 쏟아지는 빗소리가 잠든 사람을 깨워버렸다. 다시 잠들기도 쉽지 않아 한참 동안 그 소리를 듣고 있었다. 천둥 번개를 동반한 소나기는 세상이 떠나갈 듯 울어댔다. 얼마나 지났을까. 내 마음도 어느새 후련해졌다.

그러다 문득 소나기가 부러운 생각이 들었다. '소나기가 저렇게 소리 높여 울 수 있는 건 밤새 들어주는 소나무가 있기 때문이다. 나도 저렇게 기대어 울 수 있는, 따뜻한 가슴을 가진 사람 하나 있었으면….'

강한 정신력을 가진 사람들은 좀처럼 울지 못한다. 마음이 아파도 슬퍼도 막막해도 울 수는 없다. 어떻게든 감추고 견뎌낸다. 울더라도 남몰래 눈물을 흘릴지언정 소리 내어 울 수 없다. 나약한 사람들이나 울고, 울어본들 정작 문제해결에는 도움이 안 된다고 생각하기 때문이다. 그래서 강인한 사람들에겐 금기 같은 것이 있다. '울면 안 돼. 정신 차려야 돼. 약한 모습을 다른 사람에게 보이면 안 돼.'

참을 수 없이 아파서 소리 내어 울어 본 적이 있다. 가슴 깊이 차오르는 무력감과 안타까움을 주체할 수 없었기 때문이다. 믿었던 사람이 등을 돌리며 나를 아프게 하는 건 견딜 수 있지만 내가 사랑하는 사람들까지 아프게 하는 건 참을 수 없었다. 어둠도 가시지 않은 이른 새벽이었고 주위에 잠든 사람들도 있었다. 밖으로 나왔다.

걷고 걸었다. 하염없이 흐르는 눈물을 멈출 수가 없었다. 내 마음 안에서 천둥번개를 동반한 소나기가 소리 내어 울고 있었다.

얼마나 울었을까. 펑펑 쏟아지던 눈물도 그치고 마음 속 소나기도 잦아들었다. 하늘을 올려 보았다. 어느새 날이 밝아왔고, 새소리도 들렸다.

'눈물을 거두어라. 하늘을 보아라. 믿음을 저버릴 수는 있어도 내 존재마저 저버릴 수는 없는 일이지. 남들이 알아줘야만 인생인가 피어나면 꽃이지. 노래를 불러라. 날아올라라.' 가슴 깊숙한 곳으로부터 알 수 없는 마음의 소리가 들려왔다.

누구든 한없이 나약해질 때가 있고 두려울 때가 있다. 그럴 때는 누군가의 도움이 필요하다. 때로는 전폭적인 응원과 지지도 필요하다. 우리 모두는 흔들리고 불안한 존재다. 누구라도 감당하기 힘든 어려움에 직면했을 때는 소리 내어 울어도 괜찮다.

애지중지 키워오던 회사가 부도 위기에 처했을 때, 사랑하던 연인을 떠나보냈을 때, 눈에 넣어도 아깝지 않을 자식을 잃었을 때, 불치의 병으로 얼마 남지 않은 생을 선고 받았을 때, 믿었던 사람에게 배신을 당했을 때, 하늘이 무너질 것처럼 억울한 일을 당했을 때 누구든 울어도 괜찮다. 양 손에 얼굴을 파묻고 울어도 되고, 소리 내어 엉엉 울어도 된다.

누구든 가슴 깊이 차오르는 기쁨, 슬픔, 두려움이 자제력을 넘어 빗물로 넘쳐날 때는 맘껏 울어도 된다. 한 밤의 소나기처럼 소리 내어 울어도 괜찮다.

정신없이 온 마음을 다해 퍼붓는 소나기에 감정의 찌꺼기들이 떠내려 간다. 그렇게 눈물과 함께 안타까움, 불안함, 억울함, 아픔, 슬픔의 찌꺼기들이 흘러내리면 어느 순간 고요와 평화가 찾아온다. 인정할 건 인정하고 포기할 건 포기할 수 있는 정신이 생긴다. 있는 그대로의 현실을 직시하게 되고 어떻게든 이 상황을 정리하고 새롭게 일어설 힘이 생겨난다.

마음의 상처도 몸의 상처만큼이나 우리 몸에 심각한 통증을 유발한다. 겉으로 피 흘리지 않는다고 해서 아프지 않은 것이 아니다. 주체할 수 없는 마음의 통증이 느껴질 때에는 스스로의 감정을 허용하며 자신을 돌볼 수 있어야 한다. 소리 내어 우는 일이 치료제가 될 수 있다.

울 수 없는 사람은 없다. 울면 안 되는 사람도 없다. 엄마라서, 가장이라서. 강인해야 하니까, 창피하니까. 참아야 하고 억눌러야 하는 법은 없다. 남들의 시선을 너무 신경 쓰지 않아도 된다. 그러니 주체할 수 없는 슬픔, 아픔, 억울함, 두려움, 불안함이 엄습해 올 때는 자기의 감정을 있는 그대로 두어도 괜찮다. 참지 말고 감추지 말고 더하지도 덜하지도 않은 자기감정에 온전히 귀 기울이고 인정하고 표현해도 된다.

한 밤에 갑자기 쏟아지는 소나기처럼 소리 내어 펑펑 울어도 괜찮다.

7.

당신도
잠 못 들고 있었군요

잠을 자다 아파서 깨는 날들이 있었다. 어깨가 찢어질 것 같아서, 얼굴이 아파서, 천정이 빙빙 돌며 어지러워서. 기침 때문에, 열 때문에. 혼자 한밤에 일어나서 멍하니 앉아 있으면 이런 저런 생각이 스친다.

다시 잠들기가 쉽지 않으니 누워서 뒤척이거나 일어나 서성거린다. 그런데 저 먼 곳에서 어둠을 뚫고 불빛이 새어 나온다. 어느 집 2층 방 창문에서다. '이 시간에 잠 못 드는 이가 나 말고 또 있네. 저 사람은 왜 이 시간까지 잠을 못자고 있지?'

생각해 보면, 내가 자고 있는 사이에도 이 세상 어딘가에 잠 못 들고 있는 누군가가 있었다. 지금 이 순간에도 실험실에서, 병원에서, 회사에서, 집에서, 배에서, 고시원에서 잠 못 이루고 있는 사람들. 아파서 몇 년을 병원에 누워있는 사람과 그 사람을 돌보는 사람들, 절박한 심정으로 시험 준비를 하는 수험생들, 부도 위기를 당해 어쩔 줄 모르는 사장님들, 당장 먹고 살 일이 막막해 한숨 쉬는 가장들, 촌음을 다투는 결과를 위해 일분 일각을 아끼는 사람들.

셀 수 없이 많은 사람들이 도처에서 이 밤을 지세고 있을 생각을 하니 오히려 미안한 생각이 들었다. 그들이 잠 못 드는 수많은 날들을 나는 편안하게 자고 있었으니까. 세상 모르게 잘 자다가 어쩌다 하루 이틀 잠 못 드는 나의 힘겨움은 아무 것도 아닌 것처럼 느껴졌다.

특히 어린 아이들이 떠올랐다. 몸 곳곳에 호스를 달고 말도 못 하는 아이들, 목숨이 경각에 달린 아이들이 지금 이 순간에도 힘겨운 사투를 벌이고 있겠구나. 또한 그들을 지켜보는 부모들의 마음은 또 어떠할까.

아이들만이 아니다. 과연 오늘 밤을 무사히 넘길 수 있을지 사투를 벌이고 있을 수많은 환자들. 저마다의 가슴 아픈 사연을 간직한 채 죽을힘을 다해 생사의 기로에서 서있는 그들의 힘겨움이 느껴졌다. 홀로 병마와 싸우고 있을 수많은 사람들도 생각났다. 혼자 지내는 것만으로도 외롭고 불안한 데 많이 아플 때에는 또 얼마나 서럽고 두려울까.

사랑하는 사람을 잃고 상실의 아픔으로 밤을 지새우는 이들도 생각났다. 사랑하는 이들을 떠나보내야 하는 그 마음. 후회되고 아쉬운 마음에 잠 못 드는 사람들. 헤어짐은 다시 만날 기약이라도 있지만 영면의 길로 가족, 친구, 연인을 떠나보낸 슬픔에 잠을 청할 수 없는 사람들. 그들을 생각하니 나는 정말 아무것도 아닌 것처럼 느껴졌다.

오히려 기도를 해주고 있었다. 하루 빨리 낫기를, 이 밤을 무사히 넘기고 기적 같은 일이 일어나기를, 너무 슬퍼 말기를, 꼭 합격하기를. 한편으로는 이 순간에도 어느 한 모퉁이에서 잠 못 들고 우리를 지켜주는 분들에게도 고마운 마음이 생겼다. 덕분에 우리가 맘 편히 잘 수 있노라고. 감사하다고.

혼자만 절박하고 아프고 슬퍼서 잠 못 든다 생각하면 더 외롭고 힘겹다. 하지만 우리가 아무 생각 없이 잘 자고 있는 그 매일 매일을 잠 못 들고 있는 사람이 수도 없음을 떠올리면 위안이 된다. 오히려 더 아픈 사람, 더 절박한 사람, 고마운 사람에게 응원과 격려와 감사의 마음을 보내게 된다. '어서 나으세요. 합격하세요. 감사합니다.' 진심으로 그 마음을 보내면 우리의 아픔은 쉽게 견디고 일어설 용기가 생긴다.

8.
외로움의
민낯을 보았네

외로움이 병이라면 셀 수 없는 많은 사람들이 외로움 병을 앓는 환자다. 겉으로 표가 나지 않을 뿐, 말을 하지 않을 뿐. 외로움은 남녀노소를 가리지 않고 불현듯 찾아와 말로 표현하기 어려운 휑한 마음을 송두리째 휘저어 놓는다. 혼자라서 외로운 것도 아니다. 결혼도 했고 가족이 있는 사람에게 엄습하는 외로움은 참담하기까지 하다고 한다.

'쓸쓸하다. 외롭다. 우울하다. 다운된다.' 표현은 다양하지만 결국 외로움이 마음에 와 닿는 느낌들이다. 특히 눈부시게 아름다운 날 혼자 있을 때, 아플 때, 허전할 때 외로움이 한 번 쓸고 가면 마음을 주체하기 어렵다. 외로움이 뼛속까지 차오르면 속수무책이다. 몸의 통증과는 달리 아프다고 약을 먹거나 병원을 가기도 어렵다. 주위에 도움을 청할 수도 없다. 스스로 인정하기도 쉽지 않고, 타인에게 들키는 건 더욱 용납하기 어렵다.

외로움을 대하는 몇 가지 방법이 있다. 혼자서 음악을 듣거나, 술을 마시거나 TV를 보면서 주의를 다른 곳으로 돌려 잊어버리는 거다. 그마저도 의욕이 없다면 잠을 잔다. 적극적으로 분위기를 전환할 수도 있다. 친구와 통화를 하거나 만나서 대화로 마음을 달래는 방법도 있다. 그럴만한 친구가 있다는 것만으로도 위안이 된다. 걷거나 뛰거나 운동을 해서 땀을 낼 수도 있다. 이렇게만 할 수 있다면 외로움은 크게 문제 되지 않는다.

중요한 것은 도저히 떨칠 수 없는 외로움이다. 잠깐 드는 기분으로 끝나는 것이 아니라 하루 이틀 계속되다가 장기화될 때가 문제다. 무엇을 해도 기쁘지 않고 의욕이 없을 때, 세상 어느 누구도 내 마음 알아주지 않는 것 같고, 철저하게 소외되었다고 느낄 때, 인생을 잘못 산 것 같은 슬픔까지 몰려올 때는 감당하기가 어렵다. 지금 이 순간에도 말도 못 하고 외로움과 시름하는 수많은 외로움 병 환자들이 도처에 있다. 어떻게 하면 좋을까?

칼 중에 가장 무서운 칼은 칼집에 든 칼이라고 한다. 위험한

줄 알지만 겉으로 정체가 드러나지 않기 때문이다. 외로움도 마찬가지다. 가끔씩 느끼긴 하지만 우리는 외로움의 정체를 모른다. 정체를 드러낼 때까지 같이 있어본 적이 없기 때문이다.

사람들은 조금만 외로우면 어떻게든 달아난다. 술 마시고 이야기하고 잠자고 TV 보고 음악을 들으며 외로움을 제대로 직면하지 않으려 한다. 외로워서 어떻게 될까 봐 미리 조치를 취해서 외로움의 끝자락까지 가보지 않는다.

외로움의 민낯을 본 적이 있다. 자존심이 허락하지 않아 내색하기도 어려웠지만 그렇다고 달아나기도 싫었다. 그래서 의도적으로 외로움의 깊숙한 곳까지 쫓아갔다. 자발적으로 외롭게 더 외롭게. 혼자서 맞서며 외로움의 극한까지 가 보았던 것이다.

결론은 외로움은 실체가 있는 것이 아니라는 것이었다. 마음이 만드는 그림자 같은 것이었다. 아무리 시커멓고 커 보여도 그림자는 나무 가지 하나 건드릴 수 없다. 다만 어지럽힐 따름이다. 외로움도 마찬가지다. 외로움 자체가 우리를 어떻게 할 수는 없다. 다만 오지 않는 전화를 기다리거나, 함께 있고 싶은 누군가를 특정하고 바라는 그 애타는 마음이 외로움을 견디기 힘들게 한다.

대상이 실제 하든, 꿈을 꾸든, 특정한 누군가를 마음에 품으면 외로움이 배가 된다. 내 뜻대로 되지 않는 누군가를 향한 집착을 내려놓는 일만이 외로움에서 벗어나는 유일한 길이다. 결국 외로움엔 강한 정신력이 필요하다. 실체도 없이 흔들어대는 그림자에 휘둘리지 말고, 지금 여기 내 곁에 있는 소중한 것들을 향해 마음을 활짝 여는 마음의 힘이 필요한 것이다.

외롭다는 건 마음이 현재로부터 달아났다는 증거다. 나의 실제적인 삶의 터전에서 온전하게 살고 있지 않다는 말이다. 외로움이 밀려오면 즉각 알아차리면 된다. '내가 또 다시 있지도 않은, 또는 함께 할 수도 없는 누군가를 고대하고 있구나.' 곧바로 알아차리고 실제로 있는, 함께 할 수 있는 누군가 또는 무언가에 마음을 열면 해결이 된다. 쉽지는 않다. 그렇다고 계속 외로움에 겨워 혼자 힘들게 살 수는 없는 일이다. 외로우면 즉각 알아차려라. '내가 또 감정에 속아 넘어가고 있구나.' '있지도 않은 누군가를 갈구하고 있구나.' 정신을 차리면 외로움이 스스로 물러난다. 오히려 자유로운 순간임을 자각하게 된다.

9.

욕심임을 알아차리면 마음이 비워진다

그녀는 행복해 하지 않았다. 겉에서 보면 충분히 행복해도 될 사람인데 본인은 평생 고생만 했다고 했다. 하고 싶은 일도 많았지만 할 수 없었다고 한다. 어린 시절의 가난, 결혼 후의 시집살이, 철없는 남편 때문에 본인의 인생을 제대로 살아보지 못했다고 한다. 세월이 흘렀고 더 이상 그렇게 가난하지도, 시집살이를 하지도 않는다. 남편도 변했다. 그런데 아직도 그녀는 행복하지 않다고 한다.

마음을 비우라고들 한다. 왜 마음을 비워야 할까? 마음이 과연 비워지는 걸까?

마음을 비우지 못하면 자기 욕심 때문에 불필요한 고통을 만든다. 내 삶이 또는 그와 그녀가 불만족스럽다면 먼저 자신을 돌아볼 필요가 있다. 상대와 상황을 보기 전에 나 자신을 제대로 보라는 의미다. 자신을 돌아보지 않고 타인과 상황에 대해 끝없이 요구하고 불만을 갖는 것은 분명 욕심이다.

내 욕심임을 알아차리면 마음이 비워진다. 마음이 비워지면 있는 그대로의 현실이 보인다. 나와 상대의 한계가 보이고 무엇이 가능하고 무엇이 불가능한지 이해하게 된다. 생각만으로 되지 않을 때는 직접 실험을 해봐야 한다. 그렇게 실험을 통해 배운 것은 누가 뭐래도 흔들리지 않는다.

우리는 매사를 막연히 생각하는 경향이 있다. 도전해 보거나 실험해보지도 않고 막연히 미리 판단해버린다. 그러니 시원한 맛이 없다. 문제를 해결하지 못한 채 평생 갖고 산다. 여전히 진실을 모르는 채로.

까맣게 익은 포도가 맛있어 보이면 한 알 따먹어 보면 된다. 하지만 팔이 닿지 않는다. 탐스럽긴 한데 팔이 닿지 않으니 따 먹을 수가 없다. 적극적으로 의자를 가져오든 다른 대처를 하는 것도 자신이 없다. 그리곤 '맛이 없는 포도'라 결론지어 버리며 그 상황을 넘어가려 한다. 자신의 소극적인 태도를 합리화하는 가장 쉬운 방법이다. 그렇게 맛없는 포도를 여기 저기 남겨두고 살아간다. 영원히 그 포도의 참 맛은 알지 못한 채. 그냥 산다.

만족을 모르는 병. 많은 사람들이 이 병에 걸려있다. 행복하지 않다는 사람을 보면 분명 이 병을 앓고 있다. 여기보다 어딘가에, 이 사람보다 나은 사람이, 지금보다 나은 삶이 있으리라 막연히 기대한다. 착각이다. 그렇게 이상만 가지고 살면 만족하기가 어렵다.

또 한 명의 그녀가 있다. 언뜻 보면 참 밝고 긍정적인 것 같은데 경험이 많지 않다. 그러다 보니 만족이 쉽지 않다. 여러 사람을 겪어보고, 이런 일 저런 일을 겪어보면 현실적으로 가능한 것이 가늠된다. 완벽한 사람도 없고, 완벽한 상황도 없다는 걸 알게 되는 것이다. 하지만 경험이 많지 않은 그녀는 아직도 환상을 갖고 있다. 더 좋은 사람, 더 좋은 상황이 있을 거란 기대를 한다. 그러니 내 앞에 있는 사람, 지금 벌어진 상황에 만족을 못한다.

조금만 현실을 들여다보면 그럴 수 없다. 현실 세계에서는 결함 없는 것들이 지속가능하지 않기 때문이다. 달도 차면 기울고 밤도 깊어지면 새벽이 오지 않는가. 더구나 그 좋은 것을 모든 사람이 가질 수는 없는 노릇이다.

사람도 마찬가지다. 나는 사람을 가까이 할 때 확실한 기준이 있다. 능력이 있으면 성격이 좀 까칠해도 만족한다. 능력이 없더라도 선량하면 그 이유만으로도 좋아한다. 문제는 능력도 없으면서 성격까지 모가 난 경우는 좀 생각해 본다. 능력이 있으면서 성격까지 좋은 사람에게는 한없이 약해진다. 그런 사람은 많지도 않을뿐더러 어쩌다 내 앞에 나타나주었는지 고맙고 소중해서다.

삶도 마찬가지다. 완벽한 상황, 이상적인 삶이 불가능하다는 사실을 인정하게 되었다. 그러다 보니 지금 내 삶이 어느 때 보다 만족스럽고 행복하다. 다 가져서가 아니니다. 내가 가질 수 있는 것, 할 수 있는 것, 하고 싶은 것에 집중하다보니 이미 너무 많은 걸 가졌다는 것을 깨달았기 때문이다. 지금 가진 것도 많은데, 지금 가지지 못한 것에 마음을 빼앗기면 우울하고 불행해진다.

주위를 둘러보면 많은 사람들이 행복하지 않다. 속사정은 모르지만 객관적으로 볼 때 괜찮을 것 같은 사람이 되려 불행하게 살고 있다. '만족할 줄 모르는 병'이 원인인 경우가 많다. 아무리 많이 가져도 만족할 줄을 모르면 그 끝없는 허기 때문에 허전하고 불안하다. 많이 갖지 않아도 만족할 줄 아는 사람에게는 행복이 깃든다.

반면 절대적 가난은 조금 다르다. 지나치게 경제적으로 어려우면 많은 언쟁과 고통이 따른다. 절대적 가난은 본인들도 노력해야 하지만 어떻게든 극복할 수 있도록 주변의 협력이 필요하다.

하지만 '만족'의 문제는 절대적 가난과는 별개다. 행복하지 않다고 하는 사람들이 당장 집에서 쫓겨나 길거리에 나 앉아야 하거나, 아파서 하루하루가 위태한 경우는 아니지 않은가. 절박한 가난이나 신체적 통증은 그 고통만으로도 너무 버거워서 행복한지 불행한지도 모른 채 견뎌내며 살아간다.

얼마 전 전신에 암이 전이되어 2%의 생존률을 갖고 있음에도 '괜찮아'라는 노래로 TV에 출연한 30세 여성을 보았다. 그녀는 해맑게 웃고 있었지만 누가 보아도 위태롭고 괜찮아 보이지 않았다. 자신이 암환자라는 것을 받아들이는 것조차 힘겨울 상황이었다. 하지만 그녀는 노래했다.

"괜찮아. 괜찮아. 괜찮아. 지금 길을 잃었다고? 우리 모두 어느 정도 길을 잃기는 마찬가지. 때로는 길을 잃어도 괜찮아."

만족과 행복은 자신이 처한 상황이 아니라 마음 자세에 있다. 문제는 겉보기에는 괜찮아 보이는데 행복하지 않고 불행한 사람들이다. 그 사람들은 마음의 병, '만족을 모르는 병'을 앓는 중이다. 옆에서 보면 보이는데 본인은 알기가 어려운 병. 누가 도와주기도 어려운 병. 이 순간에도 행복하지 않고 화가 나거나 우울하다면 스스로 돌아볼 필요가 있다.

'혹시 내가 만족을 모르는 병'에 걸린 건 아닌가? 내가 지금 가진 거, 갖지 못한 거, 갖지 못한 이유 등을 잘 생각해보면 스스로 나을 수 있는 길을 발견할 수도 있다. 중요한 것은 최대한 자신에게 솔직해지고, 진정성 있게 자기의 현주소를 바라보는 것이다. 자기가 발견하고 인정하면 개선하기는 쉬워진다.

혹시 내가? 그렇다. 당신도 그럴 수 있다. 그러니 솔직하게 자신의 인생을 들여다보라.

10.
스쳐 지나가는 바람,
연잎의 이슬

오래 전에 내린 눈을 마당에 쌓아두는 사람은 없다. 쌓아둘 수 없기 때문이다. 그런데 지난날의 아픈 기억이나 상처를 마음에 쌓아두는 사람들은 많다. 다 지난 일인데도 마음에 묻어두고 틈날 때마다 떠올린다. 그리고 후회하고, 원망하고, 아파한다. 꼭 그래야만 하는가? 왜 그러는 것일까? 누구의 탓인가? 그래서 어쩌자는 것인가?

가만히 생각해보면 꼭 그럴 필요도 없는데 왜 그러는지 자신도 잘 모른다. 자꾸 떠올리고 되뇌는 사람은 결국 자기 자신이다. 다른 사람의 탓이 아니다. 어떻게 하고 싶은 것도 아니다. 어떻게 할 수 있는 것도 아니다. 그런데도 잊지 못하고 평생을 가슴에 담고 그 무게에 짓눌리며 산다.

그 뿐만이 아니다. 억울한 이야기나 다른 사람들로부터 좋지 않은 이야기를 들었을 때도 마찬가지다. 사실과 다르고 직접 내게 한 이야기도 아니다. 오해도 많고 억지도 많다. 심지어 의도적으로 왜곡시킨 이야기들도 있다. 몰라서 하는 사람들의 이야기들이다. 기분은 나쁘다. 그래도 이 또한 어쩔 수가 없다. 누가 소문을 퍼뜨리고 있는지도 알 수가 없고, 일일이 찾아다니면서 해명을 할 수도 없는 노릇이다.

게다가 사람들은 자신의 이해관계가 걸린 일이 아니면 사실을 확인하고 싶어 하지 않는다. 그저 일종의 놀잇감일 뿐이고, 사실과 관계없이 믿고 싶은 것을 믿을 뿐이다. 그런 사람들에게 해명이 무슨 의미가 있나.

결국 내가 어떻게 할 것인가만 남는다. 상처나 잘못을 어떻게 다룰 것인지, 타인의 오해나 헛소문에 어떻게 대응할 것인지 나의 선택만이 남는다. 어리고 철이 없을 때에는 이런 일들로 상처받고 좌절한다. 스스로도 과거의 상처 때문에 나아가지를 못하고, 나를 알아주지 않는 세상을 원망한다. 다른 사람들에게도 서운한 마음이 든다.

하지만 세월이 흐르고 세상을 좀 더 이해하게 되면 보인다. 이 모든 일들이 스쳐지나가는 바람이고 연잎의 이슬과 같다는 것이. 몇 해 전에 내린 눈과 같은 거다. 모두 지나갔고 지금은 없다는 사실을 확실히 보자. 부여잡을 수 없는 스쳐지나가는 바람이고, 연잎에 스며들지 못하는 이슬일 뿐이다. 이 사실을 명확히 인식할 필요가 있다. 마당에 쌓아둘 수 없는 작년에 내린 눈처럼 과거의 상처나 근거 없는 헛소문은 발붙일 곳이 없다는 사실 말이다.

나도 그럴 때가 있었다. 지난날이 아쉽고 후회스러워 땅을 치고 싶을 때도 있었고, 근거 없는 소문 때문에 마음이 어지러울 때도 있었다. 하지만 냉철하게 지난날을 뒤돌아보면 중요한 것은 내 마음이었다. 하늘을 우러러 양심에 걸림이 없는 문제라면 흔들리지 않았다. 세상사람 모두가 나를 알아줘야 한다는 생각도 욕심이다. 후회 또한 지난 일은 되돌릴 수 없고 그 때는 그것이 최선이었다는 것을 인정하면 쉽게 사라진다.

잘못 전해지는 소문이나 세상의 평판, 다른 사람의 이목도 그렇게 문제될 것이 아니라는 것도 조금씩 이해하게 되었다. 그림자가 나무를 정신 시끄럽게 할 수는 있지만, 결코 잔가지 하나 건드릴 수 없는 것과 같다. 건드린다 한들 제대로 알지도 못하는 사람들의 말이 무슨 의미가 있나.

좀 억울하더라도 참는 것이 나을 때가 있다. 보이지 않는 적과 맞서 싸우느니 창조적인 일에 에너지를 쓰는 편이 훨씬 낫다. 언젠가 정진석 추기경님이 인터뷰에서 살면서 가장 견디기 어려웠던 일로 억울함을 꼽는 것을 보았다. 추기경까지 된 이도 때로는 억울함을 견디며 그 자리에 오르는구나 싶어서 오히려 안도감이 느껴졌다.

참는 것은 훌륭한 인격의 중요한 덕목임에 틀림이 없다. 살다 보면 매사가 우리 뜻대로만 흘러가지 않는다. 때때로 후회스럽고, 억울하고, 아프고 슬픈 다양한 일들이 일어난다. 그렇다고 어제 내린 눈을 마당에 쌓아두려는 우를 범하지 말아야 한다. 쉽지는 않지만 지나간 과거로 마음이 심란해지거나 들리는 소문 때문에 마음이 흔들린다면 기억하라.

모두 다 '스쳐 지나가는 바람'이고 '연잎의 이슬'이다. 지나가 버릴 일들이고 결코 나를 물들일 수 없는 것들이다. 안심하라.

11.
네 안에 너의 부모님 있다

어떤 이들은 성인이 되어서도 어린 시절 틀어졌던 부모와의 문제와 갈등을 해결하지 못해 괴로워 한다. 누구에게 말도 못하고, 애증이 섞여 있어 자신조차 그 감정을 이해하기 어려워한다. 심지어 결혼을 하고 자식을 낳은 후에도 부모님과 절연상태를 유지하는 사람들도 있다. 말을 안 해서 그렇지 들여다보면 가족 간의 불화로 가슴 한 편이 멍든 채 살아가는 사람이 의외로 많다.

가족을 생각하면 대학 다닐 때 기차 안에서의 경험을 잊을 수가 없다. 그날따라 객실이 사람들로 꽉 찼었다. 명절 귀성길이었다. 기차는 무궁화였고 많은 사람들이 고향을 향해 가고 있었다. 당시에는 요금을 아끼느라 아이들을 위한 좌석을 따로 예약하지 않고 비좁은 의자 2개에 가족 4명이 앉아서 가는 일이 비일비재했다. 그러다 보니 아이들은 주로 부모에게 안겨 뒤를 보고 있었다.

그렇게 아이들 얼굴이 하나하나 익숙해질 무렵 화장실을 가야 할 때가 있다. 앞뒤를 오가며 자연스럽게 부모 얼굴을 보게 된다. 놀라운 일은 이 지점이다. 자녀들이 어떻게 그렇게 부모를 빼 닮았는지 예외가 없었다. 심지어 성별을 떠나 딸이 아빠를 빼닮기도 하고, 아들이 엄마를 꼭 닮기도 했다. 어떻게 그렇게 닮았는지 마치 인생의 비밀이 하나 풀리는 것 같은 묘한 느낌이었다.

그렇다. 자녀는 부모를 닮는다. 어떻게든 닮는다. 언뜻보면 그렇게 보이지 않더라도 자세히 보면 어떻게든 닮아 있다. 중요한 것은 외모만 닮은 게 아니라는 사실이다.

젊은 가족들과 가깝게 어울려 지내며 8년이라는 세월을 밴쿠버에서 살았다. 그 사이에 많은 아이들이 새로 태어났다. 병원에서 처음 태어났을 때는 그렇게 닮지 않았던 아이들도 성장하면서 부모를 닮아간다. 초등학교, 고등학교 시절에 만난 아이들도 그 부모님들을 보면 정말 많이 닮았다. 외모는 둘째치고 세상을 바라보는 방식, 일을 대하는 태도, 중요하게 생각하는 가치가 그렇게 닮았다. 집집마다 중요하게 생각하는 가치를 공유하는 것이다.

특히 자녀들이 부모의 특성까지 고스란히 갖고 있는 것도 참 신기했다. 간혹 부부간에 자녀들의 좋지 않은 점은 상대 배우자 탓이라고 주장하는 것을 보곤 했다. 누구를 닮았건 자녀들은 부모 양쪽 특성을 고스란히 닮았다. 아빠의 특성을 많이 가지고 있으면서 엄마의 특성을 조금 가진 자녀, 엄마의 특성을 주로 갖고 있지만 그렇다고 아빠의 특성이 없지는 않은 자녀, 절묘하게 엄마와 아빠를 반반 닮은 아이…. 정도의 차이는 있지만 부모를 영락없이 닮았다는 사실을 부인할 수가 없었다. 들여다보면 들여다볼수록 그랬다.

그러니 부모를 인정하지 않는 것은 자신을 인정하지 않는 것과 같다. 부모의 어떤 면이 싫어서 못 견딜 정도라면 그 특성을 본인이 갖고 있다고 해도 과언이 아니다. 달아나려고 하면 할수록 자신을 부정하는 꼴이 되어 스스로 마음 안에서 갈등이 깊어진다. 부모를 미워하는 것이 결국 자신을 부인하게 되어 아주 복잡한 정체성의 혼란을 야기한다. 자괴감이 생기는 것이다.

그래서 부모와의 갈등은 어떤 형태로든 해결되어야 한다. 얼굴을 보고 안보고의 문제가 아니다. 특히 오해로 인한 갈등이라면 더더욱 그렇다. 가족이라서 서로가 서로를 잘 알고 있다고 생각하면 오산이다. 가깝기 때문에 더 말 못하는 사연들이 있다. 사랑하기 때문에, 사랑하는 방식이 달라서 오해가 깊어지는 경우도 종종 있다. 아니 많이 있다. 풀리지 않은 오해가 또 다른 오해를 낳아 결국 절연이라는 단계에 까지 이르게 된다.

가슴 아픈 일이다. 가장 사랑하고 사랑받고 싶은 사람에게서 멀어지고, 심지어 얼굴도 안보고 살아야하는 것이 얼마나 가슴 아픈 일인가. 만나고는 살지만 이미 마음이 멀어진 경우도 그렇다. 가족이라 연례적으로 만나긴 하지만 대화가 없다. 어느 누구도 대화를 먼저 시작하기가 어렵기 때문이다. 그렇게 말 없는 만남이 이어지면서 어디서부터 무슨 말을 해야 하는지 모르게 된다. 누구 탓이랄 것도 없다.

부모와 절연한 상태로 자신의 자녀에게 떳떳할 수 있는 사람이 몇이나 될까. 속 깊은 대화가 필요하다. 낯설고 불편할 것이다. 그래도 시도를 해야 한다. 방법은 자기 마음부터 허심탄회하게 표현하는 것이다. 그래야 내 안의 갈등이 잦아들고 스스로 떳떳해질 수 있다. 그렇게 해도 안 되는 것은 어쩔 수 없다하더라도 시도조차 하지 않는 것은 아쉬운 일이다.

부모에게 서운한 마음이 드는 경우는 두 가지다. 부모가 나에게 못할 짓을 하거나 부모가 무능한 경우다. 두 가지 경우 모두 부모의 한계다. 잘 해주지 못하고 무능한 것을 어떻게 이해해야 할까. 중요한 것은 그 부모의 한계를 어떻게 이해하느냐에 따라 영원히 절연의 상태로 살 수도 있고, 그 한계를 자녀 된 자가 품어 안을 수도 있다.

때로는 절연이 필요할 수도 있다. 가까이해서 상처만 더 깊어진다면 거리를 두는 것도 방법이다. 하지만 그 전에 할 수 있는 최선은 다 해봐야 한다. 부모로부터, 부모의 부모로부터, 그 부모의 부모로부터 물려받은 것들이 다 내 안에 들어 있기 때문이다. 부인하려해도 부인할 수 없는 사실이다. '내 안에 내 부모가 있다.' 어떤 형태로든 부모의 특성이 내 안에 있는데 어떻게 해야 할까.

겪어보지 않은 사람은 결코 알 수 없는 가족 간의 갈등과 불화. 이 문제만큼은 정말 정답이 없다. 자신이 처한 상황을 깊이 오래 들여다보면서 자기의 길을 찾아가는 수밖에. 포기하지 말고 최선의 최선을 다해보자.

12.
상처받는 말,
내가 먼저 멈추면 됩니다

말, 말, 말.

그 말 때문에 일희일비가 너무 많다. 듣고 싶었던 말에 행복해 하고, 듣고 싶지 않은 말에 당황해 한다. 듣기 싫은 말에 화를 내고 서운해 하며 속상해 한다. 문제는 기분이 좋지 않은 말은 쉽게 잊지 못하고 계속 되뇌며 상처받는다는 것이다. 얼마나 많은 사람들이 이 말 때문에 상처를 주고받는가.

언젠가 나도 함부로 퍼뜨린 말의 피해자가 되어 보니 말이 주는 상처가 얼마나 아픈지 알게 됐다. 따라다니면서 일일이 해명할 수도 없고, 해명을 한다고 해도 설득력이 없다. 먼저 입력된 정보를 더 신뢰하는 '초두효과' 때문이다.

심지어 그렇게 말을 퍼뜨리는 사람들을 정당화하는 속담도 있다. '아니 땐 굴뚝에 연기 날까?' 그렇다. 사람들은 연기만 보면 소설을 쓴다. 그렇게 진위여부와 전혀 상관없는 소문이 만들어지고 근거 없는 예측과 추론들이 더해져서 돌고 돈다. 한 번 난 소문은 바람에 실려 간 나락처럼 다시 주워 담을 수 없다. 그렇게 떠돌던 이야기가 당사자의 귀에 들어가면 좀처럼 낫지 않는 내상을 입힌다. 사실과 달라도 너무 다르기 때문이다.

이렇게 한두 번 근거 없는 말 때문에 상처를 받아본 사람들은 일종의 신경증적 증상을 갖기도 한다. 무슨 일을 할 때 자꾸 다른 사람 눈치를 보고 신경을 쓰는 것이다. 다른 사람들이 어떻게 생각할까 염려되어 소심해지고 조심스러워진다. 한국 사회는 '정'이라는 미명 아래 타인의 삶에 깊이 개입하고 쉽게 말하기 때문에 그 상처가 더 심하기도 하다.

항상 검정색 물건만 사용하던 한 남자분의 이야기다. 하루는 분홍색 노트가 마음에 들어서 사려고 노트를 집어들긴 했지만 선뜻 계산대로 가기가 망설여졌다고 했다. 혹시라도 누가 문제 삼을까 막연한 걱정이 되어서였다. 하지만 용기를 내서 생전 처음으로 분홍색 노트를 샀다고 했다. 볼 때마다 너무 기분이 좋다고 한다.

우리도 종종 경험하는 일이다. 물건을 고르거나 무슨 일을 할 때 괜히 다른 사람 시선을 신경 쓸 때가 있다. 딱히 걱정하지 않아도 되는데 정체도 알 수 없는 그 누군가 때문에 자신도 모르게 망설이게 된다.

도대체 무엇이 문제인가? 이런 악순환의 고리를 어디에서 끊을 수 있을까?

사실 우리도 다른 사람에 관해 너무 쉽게 말을 한다. 그리고는 또 쉽게 잊어버린다. 자신이 그런 말을 했다는 사실조차 잊어버릴 때쯤 그 말은 돌고 돌아 누군가에게 상처를 준다. 때로는 본인 스스로 그 근거 없는 말의 희생양이 되기도 한다.

이제는 멈춰야 한다. 나부터 멈추어야 한다. 사실도 확인되지 않은 말들을 너무 쉽게 하고, 거기에 근거 없는 추측과 예단을 더하여 퍼뜨리기를 계속한다면 우리 모두 희생자가 될 수밖에 없다. 예외가 있을 수 없다. 누군가는 먼저 멈추어야 한다.

내가 아프면 다른 사람도 아프다. 근거 없고 사실과 다른 말들로 내가 상처받는다면 다른 사람도 상처받는다. 내가 멈추지 못하면 다른 사람들도 멈추지 못할 것이다. 더 이상 이런 말, 저런 말들로 상처받기 싫다면 내가 먼저 멈추어야 한다. 내가 멈출 수 있을 때 다른 사람도 멈출 수 있다.

13.

흔들릴지언정 무너지지 말라

어릴 때는 인생이 하나의 산 인 줄 알았다. 올라야 할 정상이 있고, 오르기만 하면 되는 줄 알았다. 좋은 성적으로 좋은 학교에 가서, 좋은 직장을 얻기만 하면 인생이 술술 풀리는 줄 알았다. 하지만 산 너머 산이었다. 하나의 과제를 해결하고 나면 다른 과제가 나타났고, 뜻하지 않은 돌발 변수들 때문에 꺾이고 주저앉기도 했다. 인생이란 그런 거였다. 수많은 정상과 골짜기로 이루어지는 산맥과도 같은것.

그러니 매사가 뜻대로 되어 산꼭대기에 올랐다고 우쭐댈 일도 아니고, 실패나 좌절로 골짜기에 떨어졌다고 실망할 일도 아니다. 산 넘고 물 건너 골짜기를 지나 또 다른 산을 오르고 내리면서 굴곡을 거치는 그것이 인생이었다.

어떤 사람은 골짜기로 떨어지면 스스로 자책하거나 남을 원망하면서 벗어나지를 못한다. 한 번의 경험으로 나머지 인생을 포기하는 것이다. 핑계 거리를 찾고 신세를 한탄하면서 헤어 나올 엄두를 내지 못한다. 어떠한 실패나 아픔, 슬픔, 고통을 겪게 되더라도 거기 주저앉아 버리면 어둠의 골짜기에서 한 발짝도 벗어날 수 없다. 나아가지 못하고 새로운 풍경을 마주하지 못한 채 실패한 인생으로 남을 수도 있다. 많은 사람들이 한 번의 실수나 아픈 경험으로 이렇게 살고 있는 것 또한 사실이다.

산 너머 산이 있는 산맥이 단순한 산보다 훨씬 장엄하다. 마찬가지로 굴곡이 있는 인생 또한 평탄한 인생과는 다른 향기와 빛깔이 있다. 직접 경험한데서 생겨나는 깊은 통찰력으로 무너지지 않고 견뎌낸 마음의 힘이 있기 때문이다. 또한 비슷한 상황에 처한 사람들을 깊이 이해할 수 있는 공감능력도 갖게 된다. 그들의 깊은 통찰과 온기는 그 존재만으로도 전해진다. 말하지 않아도 마음에서 마음으로 느껴진다.

나는 내가 좋아하는 귤을 고르는 기준이 있다. 완전 노란 것보다 초록이 섞여있고 귤 엉덩이 쪽이 볼록 올라와 있는 것을 좋아

한다. 이유를 알았다. 제주도 출신 지인이 귤 고르는 요령을 알려 주었기 때문이다. 초록이 많으면 신맛이 강하고 노랑이 많으면 단맛이 많고 엉덩이가 볼록하면 오래된 나무의 귤이라고 했다. 그랬다. 귤도 오래된 나무, 눈 비 바람 맞고 모진 풍파 견뎌내며 살아온 고목에서 열린 귤에서 뭔가 다른 깊은 맛을 느낄 수 있다.

사람도 그렇다. 겪을 땐 힘들어도 그 힘들고 모진 경계를 이겨낸 사람에겐 깊은 향기가 있고 따뜻한 온기가 있다. 고생 안하고 어려움 없는 삶이 언뜻 보기엔 복 받은 삶 같아도 2%가 부족하게 느껴지는 이유다. 정답은 없다. 어떤 삶이 좋다는 기준도 없다. 하지만 나는 조금 힘들더라도 세상을 좀 더 이해하고 삶을 깊이 경험해보기를 원하는 유형이다.

지난날의 아픔과 슬픔과 억울함이 오히려 감사하고 다행이란 생각이 든다. 그 아팠던 경험은 다른 사람들의 아픔과 슬픔에 공감할 수 있는 마음의 근육을 자라게 한다.

비슷한 경험을 해 본 사람들은 서로 알아본다. 이런 사람들은 옆에 있다는 사실 만으로도 힘이 되고 위로가 된다. 큰 수술을 해 본 사람이 수술실에 들어가는 사람을 손만 잡아줘도 위안이 되고 안심이 되는 것처럼 굳이 말하지 않아도 그 두려움과 절박함을 공감할 수 있기 때문이다.

인생이란 해석하기 나름이다. 생각하기에 따라 어떻게든 고생

안하고 곱게만 살기를 바랄 수도 있다. 그렇게 살 수도 있다. 복이 많다고 부러워할 수도 있다. 하지만 삶은 우리를 가만 두지 않는다. 때로는 뜻하지 않은 고생과 고통을 직면해야 하는 상황으로 내몰리기도 한다. 사람마다 정도 차이는 있지만 높고 낮은 갖은 인생의 굴곡을 경험하게 되는 것이다.

지난날의 고생이 남은 인생의 자양분이 될 수도 있고 독이 될 수도 있다. 어차피 겪어야 할 고생이라면 정신을 차려 직면하라. 잘 겪어내서 삶을 더욱 풍성하게 가꿀지언정 매몰되지는 말라.

어떤 이유로든 어둠의 터널을 강인하게 통과한 사람에게는 남다른 매력이 있다. 그들만이 갖고 있는 내공과 깊은 온기가 있으며 말할 수 없는 묘한 힘이 있고 따뜻하다.

혹시 지금 이 순간에도 뜻하지 않은 일들을 마주하여 힘겨워하고 있지는 않은가. 그 힘든 순간을 잘 겪어냈을 때 우리는 확연히 다르게 변화한다. 인간미를 더하는 너른 사람으로 성장하게 되고 또한 그 마음이 상대에게 믿음을 준다. 그 변화는 사람을 끌어당기는 매력으로 작용한다.

그러니 흔들릴지언정 무너지지 말라. 산 넘어 산이 있어 계절마다 그 깊이와 아름다움을 더하는 산맥처럼 더 깊고 따뜻하고 매력적인 사람으로 살아남으라. 당신은 할 수 있다.

둘

미래

걱정하지 말라,

모든 것은 변하고

무엇이 좋은 지 나쁜지 모르니까

1.

색깔만 다를 뿐
삶의 무게는 같다

외로움의 병증. 그 증상과 표현은 달라도 많은 현대인들이 외로움에 힘겨워한다. 다른 사람들은 다 잘살고 있는 것 같은데 나만 알아주는 이 없고 기댈 곳이 없는 것 같아 외롭고 쓸쓸하다.

이야기라도 나눠보면 좀 괜찮을까 전화도 걸어 보고 지인을 만나 밥이라도 먹어본다. 잠시 잊는가 싶다가 다시 혼자만의 시간을 마주하게 되면 마찬가지다. 사막에 홀로 남겨진 것 같은 외로움이 밀려온다.

다행스러운 것은 당신 혼자만 그런 것이 아니라는 사실이다. 사람들의 삶을 들여다보면 겉으로 보여지는 모습과 실제 속 이야기는 확연히 다르다. 저마다 가슴에 말 못할 사연을 안고 살아가는 것이다. 빛이 밝으면 어둠도 깊은 법이다. 사람마다 속속들이 말할 수 없고 겉으로 드러낼 수 없는 말 못할 사정들이 있다.

세계적인 명상 지도자 밍규르 린포체는 대중 강연에서 직장생활을 하면서 아이들 돌보느라 명상을 할 시간이 없다고 토로하는 청중에게 이런 말을 했다.

"사람들은 우리 스님들은 그럴 일이 없어서 명상에 몰입하기가 쉬울 거라 생각하지만 사실은 그렇지 않다."

도심의 소음을 피해 히말라야 설산에 가서 수행한다 해도 거기에는 또 다른 소음이 있다는 것이다. 종류만 다를 뿐 파리 소리, 새 소리가 끊이지 않는다는 것이다. 주위가 고요해지니 상대적으로 작은 소리들이 더 크게 와 닿는다고 했다. 결국 중요한 것은 마음의 고요이지 공간의 고요가 아니다. 아무리 물리적으로 고요한 장소를 찾아가도 마음이 요란해서는 의미가 없다.

이처럼 도심이나 산속의 소음처럼 우리 각자가 지고 있는 삶의 무게는 같다. 어떤 삶을 살아도 그 무게를 견디고 감당하며 살아가고 있다. 색깔과 모양이 다르고 드러나지 않을 뿐이다. 내색도 하지 않는다. 주식으로 돈을 번 사람은 있어도 잃은 사람은 없다고 하지 않는가. 말을 하지 않기 때문이다.

다른 사람들은 다 괜찮은데 나만 너무 어렵게 산다고 생각하면 억울하고 화가 날 수 있다. 하지만 당신만 힘들고 팍팍한 것이 아니다. 말을 안 해서 그렇지 누구나 나름의 애로가 있다. 그러니 밖으로 드러난 다른 사람의 삶을 막연히 부러워하거나 속으로 시기나 질투를 하지 말라.

무척 다정해 보이는 부부도 속사정을 들어보면 마음은 이미 남남인 경우가 있다. 가족이 말 못할 불치병으로 평생 가슴 아픈 사람도 있고, 자녀의 이혼문제를 평생 짐처럼 가지고 사는 부모도 있다. 약물이나 알코올 중독으로 힘든 사람도 있고, 가정 폭력에 시달리는 가족도 있다. 화려해 보이는 겉모습과는 달리 온통 빚더미에 숨도 못 쉬고 사는 사람도 있다. 차마 드러낼 수 없는 경제 고를 감추며 매일 매일을 힘겹게 살아가는 사람들도 많다.

대부분의 사람들은 찌르면 아픈 일시적인 통증이 아니라, 낡은 마차가 삐거덕거리듯 뜻대로 굴러가지 않는 삶의 불편함, 불만족을 견디며 살아간다. 완벽하게 환상적인 삶은 좀처럼 힘들다. 우리에겐 언제 무슨 일이 일어날지 모른다. 오늘 살아있다고 내일도 살아있으리라는 보장은 없다. 오늘의 평범한 이 일상이 어쩌면 기적일 수도 있다.

색깔만 다를 뿐 삶의 무게가 같다는 사실 하나만 제대로 알아도 타인을 바라보는 시선이 달라진다. 서로에게 힘이 되는 존재가 될지언정 그 무게를 더하는 누군가는 되지 말아야 한다.

우리 모두는 똑같다. 언제 무너질지 모르는 아슬아슬한 존재이다. 그러니 서로 돕고 도움을 받으며 살아갈 뿐, 막연히 부러워하거나 시기 질투하는 일은 없었으면 좋겠다.

"만나는 모든 이들에게 친절하라. 이미 힘겨운 싸움을 하고 있는 중이니까.(Be kind, for everyone you meet is fighting a hard battle.)"

- 플라톤

2.
누구든
언제든 죽을 수 있다

삶이 일상성을 벗어나지 못하거나 의미를 찾지 못할 때 '누구든 언제든 죽을 수 있다'는 사실을 떠올려 보라. 죽음은 누구나 직면하고 싶지 않은 무거운 주제다. 그래서 일부러 생각하고 싶지는 않은 개념이기도 하다. 하지만 '누구든 언제든 죽을 수 있다'는 사실은 이 순간을 보다 온전하게 살아갈 수 있게 하는 마법 같은 힘을 지녔다.

부족한 것만 찾으면 우리 삶은 늘 결함투성이다. 스스로도 부족한 게 너무 많고 다른 사람이나 세상에도 아쉬운 것들이 많다. 하지만 그 모든 것을 두고 당장 내일 떠나야 한다면 그 모든 허점과 결함에도 불구하고 우리는 삶의 소중함과 감사함을 가슴 절절하게 느낄 것이다.

나 또한 아차 하는 상황들로 끊어질 수도 있었던 목숨이 이어지고 있다. 다행스러운 일이다. 한번은 조금 늦게 잠을 청했는데 그날따라 눈이 너무 침침하고 목이 따가웠다. 방 공기가 왠지 이상했다. 평소 같으면 피곤해서 그러려니 하고 그냥 잠자리에 들었을 것이다. 그런데 그날따라 목이 말라서 물을 먹으려고 부엌으로 갔다. 그런데 이게 웬 걸. 집안이 온통 하얀 연기로 가득 차 있었다.

거실 벽난로에서 연기가 스물 스물 새어나오고 있었다. 평소와 달리 벽난로 문이 열려 있었고, 덜 마른 통나무 장작이 완전연소를 못하고 밤새 하얀 연기를 뿜어내고 있었다. 연기가 1층을 다 메우고 2층으로 올라와 내 방을 채우고 있던 중이었다. '너구리 잡이'가 연상될 만큼 집안 전체가 온통 연기로 가득 찼다.

그대로 잠들었으면 죽음으로 직행이었다. '이렇게 한 번에 훅 갈 수도 있겠구나. 소리 소문 없이 생을 마감할 수도 있겠구나.' 아찔했다. 시간은 밤 11시 30분. 창문이란 창문은 모두 열고 마당에 나가서 앉아있는데 묘한 느낌이 들었다. 혼자라서 기분이 더 묘했다. '고독사' '독거사'. 나와는 상관없는 말인 줄 알았다. 그게 아니었다. 내 삶에도 언제든 어디서든 갑자기 찾아올 수 있는 일이라는 사실이 피부로 느껴졌다.

평소 삶에 대한 집착은 별로 없었지만, 그 때 이후로 '나이에 상관없이 언제든 죽을 수 있다'는 사실을 염두에 두고 살게 되었다. 갑작스러운 죽음으로부터 누구도 예외일 수 없다는 엄연한 사실을 인식하면서 삶에 대한 생각이 변했다. 삶을 살아가는 태도가 좀 명료해진 셈이다. 특히 한번 뿐인 인생, 언제 끝날 지도 모르는 인생을 남 눈치 보느라 전전긍긍하며 살고 싶지 않았다. 안 해도 되는 일 때문에 고민하고 싶지 않고, 소중한 순간들을 헛되이 살면 안 되겠다는 생각이 들었다.

혼자 지내다가 갑작스러운 위험에 노출된 사람이 나뿐만이 아니었다. 몇 달이 지난 후 실제로 티베트 스님 한분이 그렇게 돌아가셨다는 이메일을 받았다. 한 번 만나본 적이 있는 아주 순수한 스님이었다. 혼자 지내다가 너무 추워서 장작 하나를 방에서 태운 것이 문제였다. 부엌에서 떼던 화목난로에서 장작 하나를 냄비에 가지고 와서 방에 놓고 잤던 것이다. 마음이 아팠다. 남의 일처럼 느껴지지 않았다.

실제 죽음은 우리 삶에서 그렇게 멀리 떨어져 있지 않다. 언제 죽을지는 몰라도 죽지 않는 사람은 없으니까. 그런데도 많은 사람들이 천년만년 살 것처럼 살아간다. 소중한 것들을 다음으로 미루고 중요하지도 급하지도 않은 것들로 인생을 허비하기도 한다. 당장 내일 죽는다고 하면 무엇이 가장 아쉬울까? 만약 시한부 판정을 받는다면 그 기간을 어떻게 보내고 싶은가?

때때로 죽음을 떠올리는 것은 우리 삶이 방향을 잃지 않도록 도와준다. 실제로 죽을 수도 있는 상황에 내몰려 본 사람들은 안다. 무엇이 소중한지, 어떻게 살아야하는지를. 하지만 죽음에 내몰리지 않더라도 이성적으로 생각해 볼 수 있다. 경험만큼 강렬하지는 않더라도 중요한 것을 상기시켜 주기 때문이다.

가끔 죽음을 떠올리며 우리에게 주어진 시간을 소중하게 쓰자. 쓸데없는 일에 에너지 뺏기지 말고, 정말 귀하고 의미 있는 일에 시간과 에너지를 쓰자.

잊지 말라.
'누구든 언제든 죽을 수 있다.'
당신도 예외일 수 없다.

3.
우리들 모두는
흔들리며 피어나는 꽃

우리는 꽃이다. 저마다의 향기와 빛깔로 피어날 꿈을 품은 꽃씨이다. 시인은 노래했다. '흔들리지 않고 피는 꽃이 어디 있으랴.' 그렇다. 그저 피는 꽃은 없다. 산과 들의 야생화나 화원의 꽃 한 송이도 마찬가지다. 흔들림의 노력이 필요한 거다. 그렇게 우리는 삶의 고단한 일상을 딛고 '할 수 있는 최선을 다해' 흔들리며 피어나는 꽃이다.

지금 당신의 꽃은 어떤가? 활짝 피어 있는가? 행복하게 웃고 있는가? 피지도 못하고 시들고 있는가?

우리는 세상에 둘도 없는 꽃이다. 그러니 매일 웃을 수 있고,

매일 웃어도 된다. 활짝 핀 꽃은 스스로 행복하다. 그 꽃을 보는 이들에게도 기쁨이 된다.

사람들은 누구나 행복을 바란다. 그래서 더 좋은 차, 더 넓은 집, 더 높은 지위나 명예를 차지하기 위해 오늘도 치열하게 살아간다. 하지만 끝이 없다. 하나가 충족되면 다음이 보이기 때문이다. 어떤 사람들은 깨달음이나 특별한 영적 체험에서 행복을 얻으려 한다. 복잡한 일상을 떠나 명상이나 요가, 기도 등을 통해 어느 경지에 올라 만사를 해결할 수 있으리라는 환상을 갖고서 말이다. 후자가 조금 고상하게 들릴 수 있다.

하지만 세속적 소유든 영적 체험이든 밖으로 '무언가 결핍된 것을 갈구'하는 것으로는 행복에 이를 수 없다. 해답은 내 안에 있다. 내 안의 꽃씨가 '본성'의 생명력을 잃지 않고 나만의 개성으로 피어날 때 비로소 진정한 행복이 가능하다.

우리는 너무 많이 경쟁한다. 남들과 비교하고 남들의 눈치를 본다. 그래서 정작 내가 원하는 행복에 이르는 길은 잘 알지 못한다. 남들이 가니까 가고, 남들이 하니까 한다. 그래서 남들 만큼 못하면 불안하고, 남들 신경 쓰느라 내 삶이 없다.

떠올려 보자. 최근에 맘 놓고 행복해 했던 적이 언제였는지, 밖으로 비교하고 눈치 보느라 '이미 내 삶에 가득한 행복'을 놓치고 살고 있지는 않은지….

세상은 넓고 나는 작다. 모든 걸 가질 수도 없고, 모든 걸 잘할 수도 없다. 우리는 무엇보다 먼저 자신의 한계와 가능성을 자각해야 한다. 포기할 것은 포기하고 선택할 것은 선택해야 한다. 그때서야 비로소 '나에게 맞는 행복'이 보이기 시작한다.

그 차별화된 행복이야말로 '안개 속의 막연한 행복'이 아니라 '나를 설레게 하고, 몰입하게 하고, 춤추게 하는' 그런 행복이다. 그렇게 일상의 삶을 주도적인 선택과 과감한 포기로 이어가려면 힘이 필요하다. 다름 아닌 마음의 힘이다. 선별하는 눈이 필요하고, 내 뜻대로 실행해가는 실천의 힘이 필요하다.

이쯤 되면 이런 의문이 생긴다. '그럼 나는 무엇을 포기하고 무엇을 선택하지?' 과연 무엇을 포기하고 무엇을 선택해야 할까? 각자 특성에 맞는 것을 선택하고, 특성에 맞지 않는 것은 포기해야 한다. '내게 맞지 않는 것'을 놓고 '진정 내게 어울리는 것'으로 꽃피우는 거다. '나 아닌 것, 나에게 맞지 않는 것'을 내려놓고 '나에게 어울리는, 내게 맞는' 한 송이 꽃으로 활짝 피어나는 거다.

어린 시절의 행복했던 기억들을 떠올려 보았다. 딸기를 심어 놓고 익어가는 딸기를 보면서 신기해하고 기뻐하던 일, 친구에게 선물하려고 늦은 밤까지 머플러를 뜨며 가슴 설레던 일, 아침에 선생님 드리려고 달빛아래 화단의 꽃을 꺾던 일, 틈만 나면 요리에 도전해서 풀인지 빵인지도 모를 찐빵을 쪄놓고는 깔깔대던 일, 밤을 새워 공부하고 스스로에게 대견해하던 일….

단순하고 소박하지만, 결국 '내가 하고 싶은 일, 잘 할 수 있는 일에 몰입할 때의 기쁨'과 '주어진 일을 완수해 냈을 때의 만족감'이 나를 가슴 뛰게 했고 행복하게 했다.

세월이 흐른 뒤, 사무실과 숙소에서 어릴 때 좋아했던 일을 다시 시도해 보았다. 내 안의 원예 본능을 되살려낸 것이다. 사무실과 화단에서 자라는 새싹들은 내게 생명력의 신비를 일깨워주었다. 바질과 루꼴라 새싹이 햇볕을 받으며 하루가 다르게 자라는 모습, 창틀에서 소나기를 맞으며 넘어지고 뒤집어지면서도 어떻게든 자라나는 모습. 그 어린 생명들을 보는 일이 내 삶의 활력소가 되어주었다. 쓰다듬으면 향기로 화답하는 바질 또한 너무 사랑스러웠다. 해마다 봄이 기다려지는 이유다.

그렇게 내 안의 원예 본능은 잊어버리고 있었던 행복을 안겨줬다. 특별한 가르침도 주었다. 무엇보다 내가 꽃이라는 걸 일깨워준 것이다. 또 내 꽃씨에는 얼마나 많은 '소망과 자질'이 있는지 모른다. 때로는 힘이 들거나 원하지 않아도 이생에 완수해야 할 '소명이나 사명'도 자리하고 있다.

우린 모두 꽃이다. 나만의 향기와 빛깔로 지지고 볶는 일상에서 피어나는 꽃. 각양각색의 얼굴로 일터에서, 가정에서, 우리가 서있는 바로 이곳에서 최선을 다해 피어나는 꽃이다.

혹시 '나는 잡초야.' '내 안에는 꽃의 유전자가 없어.' 불신하고 좌절하며 고통스럽게 시들어가고 있는 사람은 없길 바란다. 당신 안에는 이 우주를 덮고도 남을 가능성이 있다. 다만 지금껏 물을 주지 않았을 뿐이다. 가꾸고, 돌보지 않았을 따름이다. 지금도 늦지 않았다.

"그대, 한 송이 꽃으로 활짝 피어나라."

4.

인생을 좀먹는 나쁜 습관,
미루기

많은 사람이 주어진 과제를 제때에 해내지 못한다. 하지만 해야 할 일이라면 제때에 제대로 처리하는 것이 최선이다. 사안에 따라 생각하는 시간이 필요한 경우도 있지만 대부분의 경우 미루지 말고 바로 처리하는 것이 불필요한 에너지를 줄여준다.

예를 들어 학교에서 과제를 받았다. 과제 마감일은 어차피 정해져 있다. 과제를 받고 바로 준비해서 일찍 마감한 사람은 여유도 있고 마음이 편안하다. 그에 반해 차일피일 미루다 정해진 기간에 허겁지겁 하는 사람은 스트레스가 많다. 좋은 결과물을 낼 수도 없다. 에너지 소비도 엄청나다. 실제 과제물을 해결하는데 에너지를 쓰기 보다는 망설임과 갈등으로 많은 에너지가 들었기 때문이다.

언젠가 하버드 대학생들의 시간 관리에 대해서 들은 적이 있다. 하버드 대학 학생들은 예정된 날짜보다 10일 먼저 끝낸다는 거다. 일정을 열흘 앞당겨서 일을 해나가다 보니 남들보다 열흘의 여유가 생기고 결과물도 훨씬 정교해진다고 했다.

내일까지 마감이 임박하면 마음이 급해져서 정신집중이 잘 안 된다. 마음 다스림과 업무처리를 동시에 해결해야 하는 것이다. 하지만 미리 할 때에는 마음에 여유가 있어서 최대한 다양한 요소들을 고려하며 스트레스 받지 않고 일을 해나갈 수가 있다. 마감시한까지 여유가 있으니, 중간에 새롭게 떠오르는 아이디어로 수정 보완도 할 수 있다.

문제는 있다. 10일을 미리 살기 위해서는 처음 미리 살기 시작할 때의 업무가 과중할 수도 있다. 하지만 한 번만 그렇게 당겨서 일을 처리하기 시작하면 후에는 자연스럽게 굴러간다. 총량은 같을지 몰라도 언제 움직이느냐에 따라 우리 삶에 끼치는 영향은 지대하다.

이와 반대로 10일을 늦게 사는 사람을 생각해 보자. 늘 허겁지겁 뒤처진 업무를 처리하느라 기력도 탕진되고 성과물도 완성도를 높이기가 어렵다. 실제로 이렇게 사는 사람들도 많다. 미루다가 아예 못하는 경우도 생기고, 실수하는 일도 많다. 완성도가 높지 않으니 만족도도 떨어지고 평가도 좋을 리가 없다. 악순환이다.

산을 올라본 사람은 안다. 산을 쉽게 오르려면 선두에 서야한다는 사실을. 산을 못타는 사람일수록 선두 그룹을 따라 부지런히 가야 덜 지친다. 그런데 한 번 밀려서 후미에 서게 되면 다른 사람이 쉬었다 떠날 쯤 쉼터에 도착하게 된다. 이제야 도착했는데 다른 사람들은 떠나는 것이다. 쉬어도 마음에 여유가 없다. 같은 산을 오르더라도 선두에 서느냐 뒤에 따라 가느냐에 따라 피로도가 그만큼 차이나는 것이다.

세상사 모두 마찬가지다. 자신의 삶에 적극성을 띠고 선제적으로 움직이는 사람은 같은 일을 해도 덜 피곤하다. 완성도 높은 결과물을 내며 앞으로 쭉쭉 나갈 수 있다. 하지만 미루고 핑계대고 갈등하며 뒤늦게 일처리를 하는 사람은 효율이 떨어져서 여러 면에서 어렵다. 스트레스는 스트레스대로 받고 성과물도 좋지 않고 허겁지겁 쫓아가는 것만으로도 벅찬 인생이 된다.

자신의 삶을 한 번 돌아보라. 당신은 어떤 유형의 사람인가. 10일 아니면 며칠이라도 당겨서 미리 일처리를 하는 사람인가.

정해진 기한에 딱 맞추는 사람인가. 제때 처리를 못해서 허겁지겁 서두르거나 마감일을 넘겨버리는 사람인가. 어차피 해야 할 일이라면 미리 하는 법을 찾아보라. 쉬운 일부터 차근차근 미리 하는 습관을 들여보라. 생각보다 삶이 가볍고 기분 좋은 일이 많이 일어날 것이다.

가까운 실례를 들어보자. 누가 선물을 보냈다. 언제 전화하는 것이 좋을까? 선물을 풀어보면서 바로 고마움을 전하면 기쁨이 배가 된다. 선물 받은 사람의 기쁨이 고스란히 전해지기 때문이다. 하지만 시간을 조금 미루면 상황이 달라진다. 일단 전화 걸 시간을 따로 빼야 한다. 느낌도 선물을 풀어볼 때의 생생한 느낌에서 조금 식는다.

무슨 일이든지 마찬가지다. 미리 미리 하는 습관은 조바심 나는 일을 줄여주고 결과물의 완성도를 높인다. 만족도도 높아진다. 반대로 미루는 습관은 조바심 나게 만들고, 서두르게 만든다. 결과물의 완성도도 떨어지고 만족도도 떨어진다. 미리 또는 제때에 일처리 하는 것은 그만큼 우리 인생을 경쾌하고 홀가분하게 만들어준다.

언젠가 밴쿠버에서 영어선방 회원과 미루는 습관에 대한 이야기를 한 적이 있다. 자신 또한 그 부류의 사람이어서 어떻게든 이 습관을 바꾸고 싶다고 했다. 아울러 미국이나 캐나다의 많은 젊은이들도 이 습관 때문에 힘들어하고 있다고 했다. 명상을 통해 마음의 힘을 기르면 좀 나아지지 않을까 싶어 명상을 하러 왔다고 했다.

이 문제는 앉아서 하는 명상만으로 해결되지는 않는다. 실제적인 삶의 태도와 일 하는 방식에 관련된 문제이기 때문이다. 그래도 명상을 통해 심란한 마음이 고요해지고 자신이 어떻게 살고 있는지를 깨어있는 의식으로 감지하게 되면 도움은 된다. 미루려 할 때마다 정신을 차려서 제때하도록 자꾸 챙겨야 하는 것이다.

성공하는 사람들이라고 거창하고 특별한 강점만 있는 것은 아니다. 사소하지만 '미루지 않는 습관' '미리 해결하는 습관'으로 살아가는 태도를 바꾸는 것만으로도 많은 것들이 변화될 수 있다. 성공적인 삶, 후회하지 않는 삶, 쫓기지 않는 삶으로 서서히 변해갈 수 있다.

당신은 주로 어떤 것들을 미루는 습관이 있는가? 바로 그 지점을 찾아 미리 하는 습관을 들여 보면 어떨까.

5.
눈부신 청춘,
그 빛과 그림자

그 때는 왜 그렇게 나약하고 심란했을까?

세상은 왜 이렇게 불공평하고 공정하지 못한지, 세상은 왜 또 이렇게 이상한 사람들이 많은지, 그 이상한 사람들은 또 왜 자꾸 높은 자리에 올라가는지, 같은 시간 일을 해도 어떤 사람은 너무 많이 벌고 어떤 사람은 왜 그렇게 조금 밖에 못 버는지, 가진 자와 못 가진 자는 왜 이렇게 차이가 나는지….

병원 진료를 받는 모습도 너무 대조적이다. 돈 많은 사람은 '얼마면 되느냐'는 식으로 떵떵거리며 진료를 받고, 돈 없는 사람들은 아픈 것도 힘든데 돈이 들까 봐 이미 겁에 질려있다. “검사비가 얼마예요? 꼭 해야 해요?” 진료를 받는 환자나 보호자의 눈에 근심 걱정이 가득하다. 무엇이 이런 차이를 만드는가? 누가 세상을 이렇게 만들고 있는가?

대학을 졸업하고 일을 잡고 열심히만 하면 되는 줄 알았는데 세상은 결코 만만치 않았다. 울고 싶을 때도 많았고 실제로 숨죽여 눈물 흘린 적도 많았다. 잠들지도 못하고 소리 없이 눈물만 흐르는데, 같은 방을 쓰는 후배는 세상 모르게 코를 골며 자고 있다. ‘세상 이런 거구나. 천하 태평한 사람도 있는데 왜 나만 이러고 있지?’

답답하고 마음이 복잡했지만 다들 자기 살기 바빠서 친구와 통화하기도 어려웠다. 누구한테 조금만 안 좋은 소리를 들어도 화가 나고, 나와 상관없는 사람이라도 생각이나 태도가 이상하면 쉽게 거슬렸다. 뜻대로 되는 일도 없고, 그냥 답답하기만 했다. 할 일은 많은데 일에서 보람이 느껴지는 것도 아니었다. 차라리 공부나 하자 싶어 책을 읽어도 무슨 소리인지 시원한 맛이 없었다.

테니스도 배워보고, 수영도 배워보고 이것저것 도전을 해봐도 별 뾰족한 수가 없었다. ‘찌르면 푸른 물이 뚝뚝 떨어질 것 같다는 청춘이 왜 이렇게 힘들지?' 의문만 가득하고 돌파구를 찾지 못했다.

30대 초반까지 그런 날이 많았다. 다들 잘 사는데 나만 길을 잃은 것처럼 답답하고 속이 상했다. 내가 행복하지 못하니 행복해 보이는 사람과는 말도 섞기 싫었다. 차츰 사람을 피하게 되고 혼자만의 시간이 늘어났다. 잠자는 시간도 늘어났다. 헤어나오기가 쉽지 않았다. 심해지면 심해졌지 나아질 기미가 보이지 않았다.

그런 나에게 위안이 되어 준 건 노래였다. 아픔을 노래하는 음악에 위안을 받았다. 노래를 듣는 순간만큼은 현실적으로 돌파하기 어려운 문제들을 잊을 수 있었고, 꿈꿀 수 있었고, 쉴 수 있었다. 고마웠다. 그러면서 다짐했다. '나도 언젠가는 누군가에게 위안이 되고 마음의 안식을 주는 사람이 될 거야.'

책도 마찬가지였다. 책을 읽으며 나와 같은 처지에 공감하고 나보다 어려운 이들이 있음에 위안을 받았다. 어려운 여건에서도 잘 헤쳐 나가는 이들에게서는 희망을 보았고, 이렇게라도 할 수 있어서 다행이라고 느꼈다.

그렇게 나의 청춘이 기울어 갈 무렵 알게 되었다. 20~30대는 원래 그런 거라고, 몸은 건강하고 에너지는 넘치는데 잘하는 것도 없고 뭘 해야 할지 몰라서 그렇다고, 모든 청춘들은 흔들리는 거라고. 다들 힘들지만 표현하지 않아서 모를 뿐, 흔들리지 않는 청춘은 없다는 것을.

인생의 총량은 같다. '젊어서 고생은 사서도 한다'는 옛말처럼 어차피 할 고생이라면 젊어서 하는 것이 낫다. 사람이 성장하려면 겪어야 할 것은 겪어야 한다. 겪을 걸 겪으면서 살아온 인생은 내공이 남다르다. 본인도 철이 들고 성장할 뿐 아니라 비슷한 경험을 하고 있는 이들에겐 그 존재 자체만으로도 위안이 된다.

그러니 청춘들이 그들의 빛과 그림자를 알았으면 좋겠다. 청춘이어서 풋풋하게 뿜어져 나오는 빛 뿐 아니라 어둡고 칙칙한 그림자 또한 청춘만이 소유할 수 있는 소중한 자산이다. 아프고 답답하고 슬프고 상처받는 그 그림자가 세상을 안아줄 수 있는 따뜻한 가슴의 너른 폭이 될 것이다. 너무 아프고 답답하다고 해서 청춘들이 품은 생명력 가득한 빛마저 잃어버리지 않기를 바란다.

돌도 삼킬 것 같은 소화력, 탱탱하고 맑은 피부, 때 묻거나 물들지 않은 순수, 밤을 새워도 거뜬히 일어날 수 있는 체력, 한번 보면 잘 잊어버리지 않는 기억력, 건강한 신체, 넘치는 에너지, 뜨거운 열정, 쉽게 울고 웃을 수 있는 감수성, 남의 일에 쉽게 마음이 움직이는 공감 능력, 무슨 일이든 도전할 수 있는 용기, 젊음,

도전하고 실험해 볼 충분한 시간. 이 모든 것들이 청춘만이 갖는 특권이자 빛이 아닌가.

겉으로 보이는 빛도, 마음에 품고 있는 그림자도 모두 청춘의 것임을 알고 대범하게 나아가라. 남의 눈치 보지 말고 과장하거나 꾸미지 말고 자신을 있는 그대로 표현하는데 주저하지 말라. 자기감정에 충실하고 다른 사람의 감정도 존중하라. 하고 싶은 일에 과감히 도전하고 실패하더라도 절망하지 마라. 실패를 배움 삼아 도전을 멈추지 마라.

"모든 호수는 자신만의 물고기를 갖듯이, 모든 승려는 자신만의 신조를 갖는다."

- 티베트 속담

6.

진짜 좋고 나쁜 건 아무도 모른다

병이 걸리는 것이 좋은 일일까, 나쁜 일일까? 시험에 떨어지는 것이 좋은 일일까, 나쁜 일일까? 남자친구와 헤어지는 것이 좋은 일일까, 나쁜 일일까? 예약한 기차를 놓치는 것이 좋은 일일까, 나쁜 일일까? 심지어 죽는 것이 좋은 일일까, 나쁜 일일까?

우리는 이러한 질문들을 진지하게 묻지 않는다. 막연히 원하는 일이 이루어지면 좋은 일, 이루어지지 않으면 나쁜 일이라고 믿는다. 남자친구를 놓치고 싶지 않은데 헤어졌다면 슬픈 일이고, 몇 달을 준비한 시험에 떨어지면 속상한 일이라고 생각한다. 건강해야 하는데 아픈 것도 좋지 않은 일이라 여긴다.

하지만 조금만 더 깊이 생각해 보면 알 수 없는 일이다. 가령 병이 들면 안 좋은 거지만, 죽는 것보다는 아픈 게 낫지 않겠나. 고칠 수 있는 가능성이라도 있으니까. 남자친구와 헤어지는 것이 나쁘다고 생각하지만, 그 남자친구가 결혼 후 돌이킬 수 없는 심각한 문제를 안고 있다면? 차라리 지금이라도 헤어지는 게 낫지 않은가. 시험 또한 마찬가지다. 시험에 붙으면 좋겠지만, 그 시험에 합격해서 출근한 회사에서 불상사가 있을 수도 있는 일 아닌가. 그런데도 사람들은 자기가 놓친 것들의 아쉬움만 생각하지 더 나쁜 일이 일어날 수 있는 가능성에 대해서는 고려하지 않는다.

모든 일이 상대적임에도 불구하고 우리가 원하는 것이 더 좋을 것이라는 착각을 한다. 그래서 원하는 것이 이루어지지 않으면 슬퍼하고 좌절하고 화를 낸다. 죽음 또한 막연히 최악의 사건이라 생각한다. 그래서 죽음을 두려워한다. 하지만 누구도 죽음이 좋은 것인지 나쁜 것인지 증명해내지 못했다. 죽음의 실체를 모른다는 말이다. 실체를 모르는 대상을 두고 좋다 나쁘다 판단할 수 없다. 다만 모른다는 사실만 인식하고 직면해 보는 수밖에 없다. 직접 경험해 보는 것이다. 그때까지는 판단을 유보하는 것이 맞다.

세상에는 이해할 수 없는 많은 일들이 일어나고 사라진다. 그런데 우리는 우리 마음대로 어떤 일은 좋은 일, 어떤 일은 나쁜 일이라고 규정을 한다. 그리고는 나쁜 일이 일어날까, 좋은 일이 사라질까 전전긍긍하며 살아간다. 인생의 많은 부분을 불안해하고 걱정하며 보내는 것이다.

심지어 행복해야 할 순간마저도 그 행복을 온전히 누리지 못한다. 행복한 이 순간이 언제 끝날지 몰라서. 그러다 보니 삶의 매 순간을 걱정과 두려움으로 보낸다. 사실은 어떤 상황이나 일이 그 자체만으로는 좋은지 나쁜지 알 수 없다. 비교할 수 있는 것이 없다. 더 나쁜 상황에 비하면 다행이고, 더 좋은 상황에 비하면 불행이다. 하지만 우리 삶에 일어나는 일들은 일회적이라 비교할 대상이 없다. 아플 때 아프거나 죽거나를 동시에 경험할 수 없다는 말이다.

좋은지 나쁜지를 알 수 없으면 집착할 것이 없다. 좋은 것을 가지고 싶고 나쁜 것을 피하고 싶지만, 어떤 것이 좋은지 나쁜지 알 수 없다면 그 어느 것에도 욕심을 내거나 집착할 수 없게 된다. 결국, 우리는 앞으로 일어날 그 어떤 일로부터도 자유롭다. 내가 좋다 나쁘다 정하지 않고 그때 가서 직면하고 경험하는 수밖에 없다.

죽음마저도 좋은지 나쁜지 알 수 없는데 두려워할 것이 무엇인가. 우리는 자유다. 열린 마음으로 경험해 나갈 뿐이다. 순간순간 있는 그대로의 상황을 직시하며 할 수 있는 최선을 다해 직면하면 되는 것이다. 미리 걱정하거나 두려워할 건 없다.

언젠가부터 나는 많이 자유로워졌다. 동시에 앞으로 일어날 일들이 오히려 궁금하고 설렌다. 좋고 나쁜 것이 굳건하지 않고 오히려 무엇이 좋은지 나쁜지 알 수 없으니 집착할 것도 없고 두려워할 것도 없다. 다만 하고 싶은 일을 하고, 해야 하는 일을 해 나갈 뿐이다.

인생을 길게 보면 우리에게 일어나는 어떠한 일도 좋은 일인지 나쁜 일인지 알 수 없다. 알 수 없으니 무엇이든 괜찮다는 것이고, 괜찮으니까 자유인 거다. 무슨 일이든지 '단지 할 뿐' 인 것이다. 경험하고 배우고 성장할 뿐이다.

좋아서 하고, 나빠서 피하는 것이 아니라 인연을 따라 내게 주어진 일, 내가 해야 하는 일, 하고 싶은 일을 '단지 할 뿐'인 것이다. 거기엔 욕심도 없다. 집착도 없다. 두려움도 없다. 자유다. 오직 내가 '할 수 있는 일을 할 뿐'인 거다.

7.

바람이 불어오면 흔들리는 나무들처럼

오랜만에 산책을 나갔다. 처음 나를 맞이한 건 바람이었다. 얼마나 차갑고 강하게 불던지 거센 바람에 나무들은 온몸이 휘청이며 사정없이 흔들리고 있었다. '이렇게 바람이 계속 불면 싹이 어떻게 돋지?' 마음 한 편에 슬며시 걱정이 일었다.

한참을 걷다 보니 산수유가 보였다. 이제 막 노란 꽃망울을 터뜨리고 있었다. 개나리도 보였다. 화단에도 여기저기 새싹들이 빼곡히 돋아 있었다. 눈도 채 가시지 않았는데 양지 바른 곳에는 파란색 꽃도 피어 있었다. 강추위와 거센 바람 속에 돋아난 싹이라 더 기특하고 대견해 보였다. 가까이 가서 건드려 보았다. 보기에는 여리고 약해 보여도 꽤 단단했다. 흔들림이 없어 보였다.

봄바람이 셀수록 꽃과 나무는 뿌리에 힘을 싣는다. 뿌리를 더 깊이 뻗어 내리고 물을 힘껏 빨아 당기기 위해서다. 그렇게 뿌리를 굳건히 해야 바람으로부터 가지와 잎을 지키며 꽃을 피우고 여름과 가을의 뜨거운 햇살과 폭풍우를 견뎌 열매를 맺는다. 결국 꽃과 나무가 건강하게 자랄 수 있는 건 초봄의 바람 때문이다. 잎을 때리고 뿌리를 흔드는 바람이 야속한 것 같아도 생명을 지켜 주는 고마운 바람이다.

삶도 마찬가지다. 우리는 늘 크고 작은 바람에 흔들린다. 파란고해라고도 한다. 고통이 끊임없는 인간 삶을 파도가 멈추지 않는 바다에 비유한 말이다. 바람이 멈추지 않으니 파도가 끝날 날이 없다. 우리는 이렇게 우리를 흔드는 바람과 파도를 마주하며 평생을 살아간다. 그래서 사는 게 정말 힘들게 느껴질 때도 있고, 삶 자체를 멈추고 싶을 때도 있다.

끊임없이 흔드는 바람을 두고 '경계境界'라는 표현을 쓴다. 보이고, 들리고, 느껴지는 모든 것들이 '우리 마음을 흔드는 경계'인 거다. 바람이 불어오면 흔들리는 나무들처럼, 경계를 만나면 마음이 움직인다.

사람이라면 누구나 보이고, 들리고, 느껴지는 이 모든 경계로부터 자유로울 수 없다. 중요한 건 흔드는 바람이 아니라 흔들리는 내 마음이다. 내 안의 수많은 기대와 바람, 욕심과 집착, 시기와 질투, 오만과 편견이 사소한 바람에도 흔들리게 만든다. 그러니 바람을 탓할 것이 아니라 흔들리는 마음을 먼저 봐야 한다. 출렁이는 파도가 문제가 아니라 흔들리는 내 배가 문제라는 사실을 인정하는 거다.

매일 나의 마음을 흔들고, 우리의 배를 위협하는 바람도 가지가지다. 언제 어떻게 될지 모르는 직장생활, 뜻대로 되지 않는 사랑, 직장이나 사회에서 부대끼는 인간관계, 크고 작은 가정사 등으로 속상하고 힘들 때가 있다. 때로는 쓰나미가 몰아친다. 다양한 사건과 사고들이 우리를 당황하게 하고 아프게 한다.

바람이 불어오고 거센 파도가 치솟아 우리 삶을 송두리째 흔들며 위협할 때 우리는 어떻게 해야 할까? 바람을 탓하며 '왜 나만'을 외치며 억울해 해야 하나? 어떻게 해야 하나?

바람이 세고 파도가 높을수록 직면해야 한다. 내 안의 마음을 보고, 내 배의 크기를 점검해야 하는 것이다. 내 마음에 욕심이나 시기심, 선입견이나 편견이 문제가 되는 경우라면 그것을 알아차리기만 해도 바람과 파도는 스스로 잦아든다. 만일 경험이나 역

량이 부족해서 경계가 벅찬 경우라면 잠시 그 경계를 피하거나 다음 기회로 미룰 수도 있다. 그것도 아니고 직면해서 해결해야 할 과제라면 아무리 힘들어도 용기를 내서 팔을 걷어붙이고 처리하고 극복해야 한다.

이렇게 불어오는 바람에 직면해서 성실하게 대응하는 과정에서 힘이 쌓인다. 배우며 성장하는 것이다. 살다 보면 헤아릴 수 없는 많은 경계와 바람이 우리를 흔든다. '번뇌가 보리'라는 말이 있다. 정신만 차리면 그 모든 경계와 바람이 깨우침의 기연이 되어 준다. 성장의 디딤돌이 된다.

만남의 경우도 마찬가지다. 살면서 우리는 수많은 사람을 만난다. 사랑을 주는 사람도 있고 괴로움을 주는 사람도 있다. 중요한 건 '스쳐간 인연들은 모두 은인'이었다는 사실이다. 당시에는 몰랐지만 지나고 보니 그랬다. 사랑을 받은 사람에게서는 사랑 주는 법을 배웠고, 고통 받은 사람에게선 나를 돌아보고 타인을 이해하는 법을 배웠다. 마음만 챙기고 보면 일상의 모든 일과 상황들이 나를 이끌어 주는 스승이다.

스트레스 또한 마찬가지다. 적당한 스트레스가 있기에 삶의 긴장을 놓치지 않고 문제 해결 능력을 계발하게 된다. 마주하기에 따라 우리를 흔들며 불어오는 바람이 오히려 감사한 일이 될 수 있다.

그러니 우리를 흔드는 바람이 멈추기만을 기다릴 일이 아니다. 오히려 그 바람을 공부의 기회로 삼고 성장의 자양분이 되게 하자. 그런 점에서 보면 우리가 지금 겪고 있는 좌절이나 갈등, 스트레스는 고통의 대상만은 아닐 수 있다. 좌절이 있기에 새로운 도전의 기회가 열리고, 갈등이 있기에 더 나은 선택을 할 수 있기 때문이다.

오늘도 어김없이 바람이 불어오겠지만 흔드는 바람을 탓하지 말라. 그 바람에 고통 받지도 말라. 오히려 성장의 동력으로 삼아 앞으로 나아가라. 우리를 흔드는 수많은 사람과 경계를 힘들다고만 생각하지 말고 마음의 근육을 키우고 더 나은 우리가 되는 기회가 되게 하라.

8.

다 잘 될 거야

가족이나 연인 사이에 사랑하기 때문에 생기는 서운함과 불편함이 있다. 너무 사랑해서, 상대방을 너무 생각해서 걱정과 참견을 하게 된다. 남남이라면 무심하게 지나칠 일도 너무 마음을 써서 발생하는 일이다.

"잘못되면 어떻게 하니?" "어쩌려고 그러니?" "그렇게 하지 말고 이렇게 해."

사랑하는 사람의 앞길을 막을 수도 있는 질문과 제안이다. 사람은 누구나 최선을 다하려고 한다. 본인만큼 자신을 잘 아는 사람도 드물다. 때때로 욕심이나 선입견, 편견에 가려서 잘못된 판단을 할 때도 있지만 영감이나 육감 등 자신밖에 모르는 일들도 꽤 있다. 그렇게 어떤 끌리는 힘에 의해 도전을 하려고 할 때, 가족이나 연인이 사랑한다는 이유로 걱정된다며 막아선다면 맥이 빠지고 의지가 꺾인다.

사람들은 가족과 연인의 말에 많은 영향을 받는다. 그만큼 소중한 존재들이기도 하고 그만큼 믿기 때문일 것이다. 그런데 가족과 연인이 자기 방식으로 걱정하고 막아서는 일이 도움이 안 될 때가 많다. 가족이나 연인이 서로에 대해 잘 모르기 때문이다. 제대로 알지 못하면서 다 안다고 착각하고 자기에게 어울릴 법한 방식을 가족이나 연인에게 강요하는 면이 적지 않다. 사랑하기 때문에 더 잘 모르는 경우도 많다. 서로를 아껴서 상처받을까 봐 속 깊은 이야기는 안하기 때문이다.

사랑하는 사람이라면 오히려 굳건한 믿음으로 지지하고 격려해 주는 것이 큰 힘이 된다. 그만큼 영향을 많이 받으니까.

"다 잘 될 거야." "잘 할 수 있어." "네가 잘 알아서 할 거야." "깊은 뜻이 있는 거지."

이러한 무조건적인 믿음이 든든한 힘이 되고 위안이 된다. 용기를 잃지 않을 버팀목이 되기도 한다. 새로운 시도는 누구에게나 두려운 법이다. 그런데 가족의 걱정은 도움이 안 된다. 사랑한다면 흔들림 없는 믿음을 주는 것이 낫다. 이미 마음을 정한 사람에게 걱정이나 내 방식의 참견이 무슨 도움이 되겠나. 모험이나 도전을 시작하는 이가 가족에게 바라는 것은 무조건적인 믿음과 응원이다. 실패도 경험이다. 직접적인 경험에서 배우는 지혜는 평생의 자산이 된다.

물론 잘 되길 바라는 마음을 모르는 바는 아니다. 하지만 무슨 일을 시도하려는 부모나 자녀, 연인이나 남편, 아내에게 걱정은 두려움을 증폭시키는 일이 될 수 있다.

차라리 하고 싶은 대로 잘 할 수 있도록 굳건한 믿음을 가지고 응원하라. 빠진 것이 없나 살펴봐 주고, 맘껏 응원했다가 잘못되면 그 때 함께 해결하는데 도움을 줘도 나쁘지 않다.

9.

있어야 할 그 자리에서 평화롭고 행복하기를

사람마다 하루를 시작하는 방법이 다르다. 어떤 이는 양치하고 씻고 출근하기 바쁘다. 어떤 이는 가족들 챙겨서 밥 먹이고 통학 출근시키느라 바쁘다. 또 어떤 이는 커피나 차 한 잔으로 정신을 깨운 후 명상이나 묵상으로 하루를 시작한다. 서양에서는 생각보다 많은 유명인들이 아침에 명상을 한다.

새벽 공기를 마시며 고요하고 평화롭게 명상을 하면서 하루를 시작하면 왠지 그날 첫 단추를 잘 끼운 느낌이다. 그렇게 아침을 시작하며 마음으로 기도한다. '이 세상 모두가 있어야 할 그 자리에서 평화롭고 행복하기를.' 그리고는 생각나는 얼굴들을 떠올리며 가족의 건강과 행복을 기원한다. 타인을 위한 기도는 힘이 있다. 오히려 내 삶이 더 고요하고 평화로워질 뿐 아니라, 새로운 변화의 계기도 생긴다.

한 번은 이런 일이 있었다. 근무지를 옮기고 거처를 옮기던 중이라 사무실에서 쓰던 짐들이 트렁크에 가득 실려 있었다. 어디에 둬야 할지 마땅한 곳을 찾지 못해 그냥 차에 싣고 다니던 때였다. 무심코 문을 열었는데 옆에서 보고 있던 지인이 깜짝 놀라며 물었다. "아니, 대체 이 물건을 어떻게 하려고요?" 그렇게 제자리를 찾지 못한 물건은 보는 사람도 당황할 만큼 불안정하고 불편하다. 물건뿐만이 아니다. 이 세상 모든 생명과 사람, 마음과 관계가 '있어야 할 자리'를 찾지 못하면 불편하고 불안한 게 사실이다.

우리는 어떤가? 사람이든 물건이든 '있어야 할 자리'에서는 편안하고 행복하다. 엄마 품에 안긴 어린아이처럼 평화롭고, 하늘을 나는 새처럼 자유롭다. 있어야 할 자리에서는 편안하고 안정적이다. 제자리를 지키는 등대가 있어 밤배들이 순항할 수 있고, 계절 따라 제자리를 지키며 피어나는 꽃과 나무가 있어 산과 들이 그 빛을 달리하며 아름다운 것과 같다.

한번은 지하철역 화장실에서 주인을 잃은 휴대전화를 발견했다. '다시 찾으러 올 수 있으니까 그냥 둘까?' '아니야, 잃어버린 사실을 알아차릴 땐 이미 너무 멀리 있을지도 몰라?' 순간 전화기를 들고 밖으로 나왔다. 통화 기록을 확인하고 연결 버튼을 눌렀다. 놀이공원에 놀러 간 딸아이의 어머니라며 전화를 받았다. 마침 일행이 분당 가는 길이라 오래지않아 주인을 만날 수 있었다. 주인을 찾아가는 휴대전화를 보면서 그런 생각이 들었다. '우리는 과연 지금 있어야 할 그 자리에 서 있는가?'

트렁크에 실려 있는 저 짐들은 언제쯤 그 '있어야 할 그 자리'를 찾게 될까? 얼핏 보면 제자리가 아닌 것 같은 이 짐들을 보며 지난 시간들이 떠올랐다. 나는 지금까지 직장을 여러 번 옮겼다. 나의 선택에 의한 적도 있었고 내 의지와 상관없이 옮긴 경우도 있었다. 그러던 어느 날 '삶이란 환상을 깨는 여행'이라는 생각을 했다. 옮길 때마다 어떤 환상을 갖고 출발하지만, 실제로 가보면 여지없이 예상 밖의 문제들이 기다리고 있었다. 그래서 이제는 안다. 결국 어떤 곳을 가더라도 문제없는 곳이 없고, 애로 없는 곳이 없다는 것을. 또 한편으로 '삶은 끝없는 여행'이라는 사실을 배우게 되었다. 아무리 그 자리에 안착하려 해도 계속해서 떠날 수밖에 없기 때문이다.

때가 되면 우리 안의 욕구가 꿈틀대고 어쩔 수 없는 상황들이 우리를 가만두지 않는다. 그러니 트렁크 속의 짐들도 언젠가는 어디엔가 자리를 잡겠지만, 때가 되면 또다시 있어야 할 자리를 찾아 떠나게 된다. 끝나지 않는 여정인 거다.

그렇다면 진정 우리가 '있어야 할 그 자리'는 어디일까? 쉽게 답할 수는 없다. 그래도 내가 원하는 자리, 내게 주어진 자리가 될 것이다. 말하자면 '나만의 맞춤자리'인 셈이다. 그럼에도 불구하고 우리는 그 '어떤 자리'에 대한 환상을 좇는 경향이 있다. 그래서 많은 사람이 그 자리를 향해 같은 방향으로 달리고 있는 것이다. 성공과 부와 명예를 보장해줄 거라 믿으면서.

정작 우리가 '있어야 할 그 자리'는 모든 가능성이 열려 있다. 어떤 식의 삶의 방식도 우리가 택할 수 있다. 하지만 아무리 겉보기에 좋아 보이는 자리라 할지라도 근원적인 평화와 행복과 맞닿아 있지 않다면 언제든 흔들린다.

어찌 보면 있어야 할 자리에 대한 우리의 편견과 집착만 내려놓으면 지금 있는 그 자리가 바로 우리가 있어야 할 자리인지도 모른다. 우리의 환상과 기대를 놓고 온전한 본성에 입각한 자리, 생명 평화와 맞닿아 있는 자리라면 그 자리가 어디든 거기가 바로 우리가 있어야 할 자리이다. 그렇게 보면 막상 내 트렁크의 짐들도 현재로서는 있어야 할 자리에 제대로 실려 있는 셈이다.

혹시 지금 자리 때문에 고민하고 있는가? 남의 자리가 더 좋아 보여서 엉덩이를 들고 여기저기 기웃거리고 있지는 않는가? 다른 사람을 보면서 비교하거나 좌절하고 있지는 않은가? 연봉이 조금만 더 높았으면, 조금만 더 좋은 학교를 나왔더라면 하면서 말이다. 남의 자리를 기웃거리거나 지금 자리에 집착하면 고통이 시작된다.

그렇다고 지금 있는 자리에 머물러 있기만 하는 것 또한 최선은 아니다. 때가 되면 옮겨 가야 한다. 지금 있는 자리에서 최선을 다하면 '우연처럼 운명처럼' 새로운 자리가 열린다. 그때에는 또다시 바람처럼 자유롭게 가뿐하게 떠나면 된다. 떠나야 할 때를 알고 떠나는 자의 뒷모습이 아름다운 건 바로 이런 것이다.

삶은 결국 머무름이 없는 여행이다. 지금 있는 그 자리에서 최선을 다하면서도 있어야 할 자리로 끊임없이 떠나는 여행 말이다.

그래서 나는 매일 아침 기도한다. 오늘도 이 세상 모든 생명이, 마음이, 관계가 있어야 할 그 자리에서 평화롭고 행복하기를. 매 순간 지금 있는 그 자리에서 마음껏 피어나기를. 바람이 불면 또 다시 그 있어야 할 자리로 떠나는 여행을 위해 초연하게 한 걸음 내던지라고.

10.

그래서 어쩌라고?
그래서 어쩌려고?

사람은 혼자 있는 것도 좋지만 다른 사람과 함께 어울리면서 배우고 성장한다. 행복의 원천도 사람인 경우가 많다. 사람과의 관계에서 가장 중요한 것은 소통이다. 내 마음과 의견을 제대로 알리고, 상대의 마음과 의견을 정확하게 이해하는 것이 건강한 인간관계 구축을 위한 중요한 요인이 되기 때문이다.

소통을 잘 하려면 우선 자기가 자기 마음을 잘 알아야 한다. 대화를 하다보면 대체 무슨 의도로 저렇게 횡설수설하는지 의아할 때가 있다. 처음부터 끝까지 주의를 기울여서 들어도 상대의 의도를 알 수 없으면 공감하기도 어렵고 도와주기도 어렵다.

요즘같이 서로 바쁘고 복잡한 상황에서는 단순명료할수록 편하다. 복잡한 것은 단순하게 애매모호한 것은 명료하게 하면 머리도 맑아지고 삶도 수월해진다. 복잡한 문제를 단순하게 하고 애매모호한 이야기를 명료하게 하는데 꽤 효과적인 질문이 있다. 스스로에게든 대화를 하고 있는 상대방에게든 모두 효과적이다.

하루는 조카가 가족 여행 때 찍어놓은 영상을 보았다면서 말을 걸어왔다. "작은 고모는 우리를 많이 사랑했지만, 정말 강하게 키우셨네요. 내가 3살 때 갯벌에서 양말이 '젖었어요. 젖었어요.' 하면서 계속 우는데도 한 말씀만 하시대요. '그래서 어쩌라고?'"

동생 가족과 강화도 갯벌체험을 갔을 때였다. 조카들이 어려서 아이들이 좋아할 거라 생각하며 어른들이 더 신나서 아침 일찍 길을 나섰다. 그런데 3살, 7살 되는 조카들이 질퍽한 갯벌을 좋아하기는커녕 오히려 난감해 했다. 아예 갯벌로 들어가려 하지 않는 것이었다. 그래도 어른들은 아이들을 억지로 갯벌에 밀어 넣었다. 안 들어가서 그렇지 일단 발을 들여놓으면 신나게 놀 거라 예상하면서. 그런데 3살 된 조카는 발을 들여놓자마자 울음을 터트렸다. "젖었어요. 젖었어요." 그래서 물었다. "그래서 어쩌라고?" 어떻게 해주면 좋겠냐는 거였다.

세월이 흘렀고 조카들은 잘 자라주었다. 그 이후로도 조카들과 여행을 많이 했지만 어디를 가든지 조카들이 어리다는 이유로 투정을 부리거나 떼를 쓴 기억이 없다. 어릴 때부터 작은 고모가 강하게 단련을 시켰기 때문이 아닐까.

나 자신에게도 이 질문을 종종 한다. 요청받은 원고를 쓰다가 생각이 잘 정리되지 않으면 스스로에게 묻는다. '그래서 어쩌라고?' 몇 번만 속으로 되뇌어 보면 방향을 잡는데 훨씬 수월하다. 살다가 돌이킬 수 없는 실수를 범했을 때도 '그래서 어쩌라고' 자문해보면 금방 답이 나온다. 이미 지난 일이고 지금으로서는 할 수 있는 일이 없음을 명확히 이해하게 되면 후회나 자책감을 쉽게 떨쳐버릴 수 있다.

강의를 할 때에도 마찬가지다. 강의준비를 하다가 어느 정도 정리가 되면 입장 바꿔 질문을 해본다. 듣는 사람 입장에서 '그래서 어쩌라고?' 이렇게 자문을 해보면 강의가 단순한 이론이나 의견만 전달하는데 그치지 않고 듣는 사람에게도 유용할 수 있도록 놓친 부분을 챙길 수 있다.

오랜만에 만난 지인이 남편에 대해 끊임없이 불평을 토로한다. 한두 번도 아니고 매번 비슷한 이야기다. 이럴 때는 슬며시 한 번 물어본다. "그래서 어쩌려고?" 남편과 헤어질 것인지, 같이 살면서 남편을 바꿀 것인지, 자신이 바뀌어야 할 문제인지 한번 생각해보라는 의미다. 헤어질 것도 아니고 상대를 바꿀 수도 없고 자신이 바뀔 의사도 없다면 어떻게 해야 하는가. 계속해서 불평불만을 토로해야 하는가. 아니면 다른 대안을 만들어야 하는가. 불평을 멈춰야 하는가.

본인이 속한 단체나 조직은 어떤가. 단체나 조직 또한 바뀌기가 쉽지 않다. 더군다나 자기 생각대로 하루아침에 바뀌는 것은 더욱 어렵다. 대안 없는 지적이나 문제제기, 비난 등으로 많은 시간을 보내기 보다는 차라리 '그래서 어쩌라고?'라는 질문과 함께 스스로가 할 수 있는 것을 찾아보는 것도 의미가 있다. 행동하는 지성은 자기 자신부터 실천할 수 있는 것을 찾아서 행한다.

우리는 하루를 시작하면서부터 '무슨 옷을 입을지, 무엇을 먹을지'를 비롯하여 크고 작은 선택의 순간을 마주하고 살아간다. 특히 다른 사람들과 어떻게든 관계를 하며 살아갈 수밖에 없다. 대화를 할 때나, 생각이나 정보를 주고받을 때 길을 잃지 않고 방향을 잘 잡아가야 한다. 판단을 하고 선택을 해야 하는 상황에서도 생각을 명료화할 필요가 있다. 이럴 때 이 질문을 가끔씩 던져

보라. 스스로에게 또는 타인에게.

"그래서 어쩌라고? 그래서 어쩌려고?"

11.
6시 퇴근,
또 다른 나의 하루가 시작된다

거의 20여 년 출퇴근 생활을 했다. 9시까지 출근하고 6시면 퇴근하는 생활. 일단 출근하면 시간 안에 일을 끝내기 위해 화장실 가는 시간도 아꼈다. 오후 6시가 지나면 나의 또 다른 하루가 시작되기 때문이다. 사무실 업무를 집에까지 가지고 오고 싶지 않았다. 출근길에 할 일을 미리 점검하여 출근하자마자 바로 일 처리에 돌입했다. 미리 계획된 일의 순서와 흐름을 따라 최고의 효율로 빠르게 처리하려 애를 썼다.

퇴근 후 시작되는 나의 하루는 주로 미래를 준비하는 데 썼다. 책을 읽거나 하루 평균 4시간씩 명상에 매달리기도 했다. 인터넷 강의를 듣고 직접 홈페이지를 만들어 글을 쓰고 댓글을 통해 소통하기도 했다. 수채화, 기타, 붓글씨 등 많은 것을 배워도 봤다. 지금 생각하면 그런 것들을 왜 배웠을까 싶기도 하지만 후회는 없다. 해보고 싶은 것을 마음껏 해 봤으니 말이다.

사람들은 잘 못한 것보다 해보지 않은 것들에 대한 후회가 깊다고 한다. 적어도 시도해 보고 실험해 본 것들은 그 결과의 잘잘못을 떠나 마음에서 잊혀 진다. 찌꺼기가 남지 않는 것이다. 하지만 해보지 않은 것들은 여한이나 미련, 후회를 남긴다.

많은 사람들이 다니는 직장을 그만두고 싶어 한다. 그만 둘 수도 없다. 마땅한 대안이 없어 마음만 간절하다. 그러니 회사 생활에 의욕이 떨어지고 자신감이 줄어든다. 불만도 늘어간다. 내 탓인지 직장 탓인지 알 수도 없다. 그저 만족감이 떨어지고 삶의 질이 떨어진다. 악순환이다.

사실이다. 어렵게 구한 직장을 정리한다는 것은 쉬운 일이 아니다. 안정된 직장은 더욱 그렇다. 가족이 있으면 더욱 어렵다. 사직서를 주머니에 넣고 다니는 일은 있어도 쉽사리 제출할 수는 없다. 언제까지 이렇게 살 수 있을까.

방법이 없는 것이 아니다. 퇴근 후 또 다른 하루를 시작하면 된다. 직장을 그만두게 된다면 하고 싶은 일을 부분적으로라도 시작해 보는 거다. TV 보는 시간, 친구를 만나 수다를 떨거나 술 마시는 시간, 잠자는 시간을 줄이면 된다.

간절하면 길이 보인다. 몰입도 잘되고 시간도 효율적으로 사용하게 된다. 생각만 하지 말고 도전하고 준비하라. 어느 정도 준비가 되었다 싶으면 퇴사는 그때 가서 생각해도 늦지 않다.

'부캐'라는 말이 있다. 린다 G, 유산슬을 필두로 싹쓰리, 둘째이모 김다비 등 자신의 본래 이름과는 다른 이름으로 활동하는 연예인들이다. '부캐'라는 말은 온라인 게임에서 사용되던 말로 평소 사용하는 계정이 아닌 새로운 계정을 다시 만들어서 사용하던 것을 의미한다. 원래 자신의 모습을 '본캐', 새롭게 설정한 모습을 '부캐'라고 하여 동일한 사람이 다른 모습으로 활동하는 것이다.

누구든 '부캐'를 가질 수 있다. 근무시간에는 흰색 가운을 입은 한의원 원장이 퇴근 후에는 검정 가죽 재킷에 황금 목걸이를 한 카레이서가 될 수 있다. 낮에는 제안서를 작성하는 회사원이 밤에는 조명 불빛 은은한 살롱의 사장님이 될 수도 있다.

세상이 변했다. 지금 직장생활의 불만족, 불편함을 토로하는 데 머물지 말고 적극적으로 다른 삶을 살아도 되는 시대다. 한 사람이 한 가지 직업만 갖거나 하나의 직장에만 귀속되지 않아도 되는 것이다. 그러니 퇴근 후에 새로운 '부캐'로 활동해도 된다. 멋지지 않은가.

새벽 4시에 일어나 글쓰기를 하는 모임이 있다. 그들은 잠을 줄여 자신의 희망을 좇아 열정을 불태운다. 퇴근을 카페로 하는 사람이 있다. 그는 적절한 자본금이 마련되면 카페를 차리기 위해 아르바이트를 한다. 시골에 집을 장만한 PD도 있다. PD면서 시골집을 가꾸고 농사를 지으며 동영상을 공유한다. 전혀 다른 영역의 일을 한 사람이 동시에 해내는 것이다.

선택은 본인에게 달려있다. 퇴근 후 주어지는 시간을 어떻게 사용할 것인가. 근무시간에 직장생활을 태만하게 하라는 말이 아니다. 시간과 에너지를 아껴 자신의 꿈과 비전을 펼치라는 것이다. 퇴근 후 시간을 창조적이고 행복하게 쓰면 근무시간도 활기차고 효율이 높아진다. 마음이 산만하지 않고 긍정적이어서 사람들에게도 너그럽고 생각도 유연해진다. 창조적 에너지가 활성화되기 때문이다.

시간이 많지 않다. 우리의 일상 선택지는 단순하다. 해야 하는 일, 하고 싶은 일, 하면 좋은 일을 하면 된다. 퇴근 후 시작되는 하루의 2막은 또 다른 삶을 새롭게 시작해 볼 기회를 부여한다. 남의 이야기만은 아니다. 당장 시작해 보라.

12.

행복한 사람들의 공통된 특징

불행하기를 바라는 사람은 없지만 행복한 사람도 많지 않다. 오히려 행복하지 않다는 사람이 더 많다. 왜 그럴까?

어릴 때부터 행복을 꿈꾸었다. 창공을 나는 한 마리 새처럼 자유롭고 싶었다. 그래서 아주 오랫동안 행복한 삶에 대해 의문했고, 연구했고, 시도했다.

다행히 언젠가부터 마음 깊은 곳으로부터 뭐라 형언할 수 없는 기쁨이 차올랐다. '참 고맙구나. 이렇게 살면 되겠구나.' 가끔 찾아오는 행복이었지만 분명 내 삶에 어떤 변화가 일어나고 있었다. 동시에 행복한 사람들이 눈에 들어오고 그들에게서 한결같은 공통점을 발견하게 되었다. '행복은 가진 자의 몫이 아니라 느끼는 자의 몫'이라는 것. 무엇이든 지금 가진 것에 만족하고 그 행복을 누리고 느끼는 사람들이 행복하게 살았다. 만족 없는 행복은 없고, 애타게 구하는 마음으로는 평생 행복에 이를 수 없었다. 어느 수준에서든 자신이 지금 가진 것에 감사하고 만족하는 마음이 생겨나기 시작하면 행복은 자연스럽게 그 뒤를 따른다.

누군가는 행복해야 할 순간조차도 행복하지 못하기도 한다. 바라던 순간이 눈앞에 실현되고 있는 동안에도 이 행복을 잃을까 두려워하고, 없을 때는 그 행복을 얻지 못해 불안해 한다. 욕심이다. 그 욕심을 조금만 내려놓으면 감사와 만족, 안도감과 함께 지속가능한 행복을 누릴 수 있다. 행복은 가진 것의 양이 아니라 행복을 느끼는 감수성과 밀접한 관계가 있기 때문이다.

행복한 사람들은 자신에게 정직하다. 자신이 원하는 것을 실행하는데 주저하지 않는다. 때로는 주변 사람들의 시선이 곱지 않을 때도 있다. 지금에서야 깨달은 바이지만, 다른 사람들은 우리의 행복에 크게 관심이 없다. 심지어 우리의 행복을 원치 않은 사람들도 있고, 우리의 행복을 시기하거나 질투하는 이들도 많다.

누가 뭐라 해도 내가 행복하면 행복한 것이다. 행복에 타인의 동의를 구할 필요는 없다. 자신이 원하는 삶을 사는 사람은 행복하다. 그것이 타인에게 피해를 주거나 사회악을 초래하는 경우가 아니라면 비난받을 이유도 없다.

또한 자기 재능과 잠재력을 충분히 발휘하는 사람들은 행복하다. 자기가 좋아하고 잘할 수 있는 일을 하는 동안은 쉽게 몰입이 되고 그 몰입감은 행복감을 높여주기 때문이다.

그런데도 내 안의 가능성을 스스로 무시하고 눈을 감아버리면 우린 딱 거기까지의 존재로 머물고 만다. 반대로 자신의 잠재력을 알고 열정을 쏟는 사람들은 에너지가 강렬하다. 자신이 잘할 수 있는 일에 몰입할 때 그 순간 행복감은 배가된다. 그래서 몰아의 순간에 탄생한 작품들은 사람에게 감동을 준다. 음악, 문학, 예술이 그렇다. 그야말로 온전한 몰입과 충만감에서 발현된 감정은 한 사람의 마음을 넘어서 더 넓은 세계로 증폭된다. 그렇게 나의 행복이 우리의 행복이 된다.

건강하게 행복을 가꾸는 사람들은 타인의 행복에도 관심이 많다. 그들은 자신의 행복을 다른 사람들의 행복에 기여하고 싶어 한다. 본인만 행복해서는 왠지 아쉬움이 남는다. 너무 맛있는 것을 혼자 먹으면 별로 행복하지 않은 것과 같은 이치다.

그래서 진정한 행복은 '의미 있는 삶'으로 이어진다. 행복하면서 의미가 있어야 가치 있다고 느끼는 것이다. 이것이 성숙된 행복이다. 성숙한 행복은 지속 가능해진다. 그래서 지혜로운 사람들은 의미 있는 일을 찾는다. 함께 할 때 기쁨이 더 크다는 것을 알기 때문이다.

행복을 바란다면 행복하게 사는 사람들의 공통된 특징을 따라보자. 지금까지 내가 바라던 행복의 방식에 문제가 있다면 과감히 털어내고 행복할 수 있는 삶으로 적극적으로 전환해보자. 어떻게든 '나에게 맞는 행복'을 찾아야 한다. 추상적인 행복이 내 삶 속에서 구체적인 행복으로 춤을 출 수 있어야 한다. 행복을 원한다면 피부로 느껴져야 진정한 행복 아닌가.

행복하고 싶다면 있는 행복을 최대한 누리고 음미하며 감사하고 만족하라. 자신의 욕구와 감정에 솔직하게 자신이 원하는 일을 과감하게 실행해서 지금 없는 행복을 불러오라. 자신의 재능과 잠재력을 충분히 발휘하여 스스로도 행복하고 타인에게도 행복을 선사하라. 자신만의 행복에 매몰되지 않고 의미 있는 일을 통하여 세상에 선한 영향력을 끼치는 것 또한 자기 행복의 원동력으로 삼아라. 그리고 열심히 살아라. 불필요한 잡념이나 괴로움이 끼어들 틈이 없도록.

13.

알 수 없는 내일이 두렵지 않다

요즘 젊은 직장인들은 각종 재테크에 열심이다. 적금을 넣고, 주식을 사고, 건물과 땅을 산다. 보험도 든다. 갑작스러운 건강 이상이나 각종 사건 사고에 대비하기 위해서다. 그래도 안심이 안 된다. 세워둔 계획이 뜻대로 되어야 하고 벌여놓은 사업도 잘 되어야 한다. 그래도 혹시 무슨 일이 닥치는 것은 아닐까 불안하다. '또 무엇을 대비해야 하지?'

두려움. 영어로 엥자이어티anxiety라고 하는 불안과 걱정, 염려가 뒤섞인 이 복합 감정이 늘 그림자처럼 따라 다니기 때문이다.

뼛속 깊이 박혀있어 빼내기도 쉽지 않다. 사소한 선택과 결정에도 '혹시나' 하는 근심과 걱정, 불안과 두려움이 쉽게 결정을 못하게 한다. 새로운 시도도 주저하게 만든다.

잘하던 사람은 더 잘해야 하니까, 실패만 하던 사람은 또 실패할까봐, 아무 것도 못하는 사람은 이대로 주저앉을까 봐, 돈이 많은 사람은 건강을 잃을까 봐, 돈이 없는 사람은 그 돈 마저도 못 벌까 봐, 외로워 죽을까 봐, 배고파 죽을까 봐, 아파 죽을까 봐. 결혼을 앞두고도 이 사람과 영원히 행복할 수 있을지, 공부하면서도 무사히 합격할 수 있을지….

불안하고 걱정되는 일이 정말 각양각색이다. 도대체 편안한 사람이 없다. 오늘을 사는 사람들치고 이러한 불안감을 마주하지 않는 사람이 과연 얼마나 될까? 딱히 무엇이 두려운지 그 정체를 알 수 없지만 각종 근심과 걱정, 불안과 염려로 고통 받고 있다. 심한 경우에는 다양한 심리요법이나 상담을 받기도 하고 명상이나 마음공부에 관심을 갖기도 한다.

어떻게 해야 이 조바심을 떨치고 마음 편하게 살아갈 수 있을까? 방법은 한 가지다. 삶을 꿰뚫어보는 통찰. 나는 누구이고, 세상은 어떻게 굴러가는지를 꿰뚫어보고 알아내는 것이다. 두려워할 필요가 있는 것인지, 두려워하지 않아도 될 문제인지 들여다보고 그 두려움을 물리칠 수 있는 길이 있는지 스스로 알아내야 한다.

나의 경우는 예전에 비해 두려움이 확연히 줄었다. 그만큼 오랫동안 이 문제와 씨름하고, 의문하고, 실험을 해 와서 이제는 뭔가 조금 알게 되었기 때문이다.

길게 보면 우리의 인생은 여행이다. 시시각각 펼쳐지는 새로운 풍경을 마주하며 일생이라는 여정을 경험한다. 시작도 끝도 알 수 없는 끝나지 않는 여행. 딱히 정해진 목표가 없어도 최선을 다해 걷고 또 걷는다. 무엇이 좋은지 나쁜지 알 수 없다. 새옹지마라고 하지 않나. 좋았던 일이 화근이 되고 좋지 않은 일이 행운이 되는 일이 생길 뿐이다.

여행을 간다고 가정해 보자. 목적지를 로키 산맥으로 정했다면 거기에 갈 수 있는 길은 다양하다. 재스퍼를 거쳐 레이크 루이스, 밴프 국립공원으로 갈 수도 있고 레벨스톡, 골든을 지나 쿠트니 국립공원으로 갈 수도 있다. 두 여정 중 어느 것이 더 좋고 어느 것이 나쁘다고 할 수 없다. 다만 풍광이 다르고 둘러볼 명소가 다를 뿐이다.

삶도 이와 같다. 끝나지 않는 여행이다. 때로는 내 의지와 계획대로 되지만 내 의지와 상관없이 일어나는 일들도 많다. 계획대로 된다고 해서 꼭 좋은 것만도 아니고, 내 의지와 상관없이 무슨 일이 일어난다 해도 꼭 나쁜 것만은 아니다. 여행 중 길을 잃었지만 안내서에 나와 있지 않은 멋진 장소에 들를 수도 있는 것이다. 그것이 우리 삶이다.

결국 세상에 좋은 일, 나쁜 일은 없다. 다만 일어날 일이 일어나고 사라질 일이 사라질 뿐이다. '참을 수 없이 가벼운 존재'라고 하지 않았나. 우리가 세상에 그렇게 영향력 있는 존재는 아니라는 말이다. 세상의 큰 풍경 중 일부를 담당하며 하루하루 여행 중인 것이다.

이렇게 일상을 여행 중이라 생각하면 많은 생각에 변화가 일어난다. 여행 중의 우리 태도를 생각해 보자. 사소한 것도 유심히 보고, 변경된 계획에도 열린 마음으로 받아들이면 된다. 패키지 관광 프로그램 하단에는 늘 이 문구가 명시되어 있다. '상기 일정은 현지 사정에 따라 변경될 수 있습니다.' 늘 언제 무슨 일이 일어날지 모르는 것이 여행의 묘미 아니겠는가. 우리 삶도 그렇다.

그러니 알 수 없는 내일이 반드시 두려워야 할 이유가 없다. 일어날 일은 일어날 것이고, 대비한다고 막을 수 있는 것도 아니다. 물론 안전을 위해 어느 정도의 준비와 대비는 필요하다. 중요한 건 적정선이다. 어느 정도 준비하고 나머지는 상황에 따르겠다는 여행자의 태도다. 때로는 오히려 준비를 안 한 것이 더 멋진 경험으로 어어지기도 하며 더 편안한 경우도 있다.

어느 해 6월 호주에 갔을 때의 일이다. 배낭을 지고 다니다보니 침낭을 가벼운 것으로 준비할 수밖에 없었다. 그런데 낑낑대며 지고 간 침낭 때문에 얼어 죽을 뻔 했다. 반면 뭘 몰라서 아무 준비도 안 해 온 대학교 1학년 여학생은 따뜻하게 잤다. 그것도 같은 공간에서. 이유는 나는 내가 준비한 침낭을, 그녀는 현지인이 제공한 이불을 덮고 잤기 때문이다. 한국의 6월은 여름이지만 호주의 6월은 겨울이다. 겨울 이불이 필요한데 나는 그것도 모르고 한국 여름을 생각해서 가벼운 여름 침낭을 준비해 간 것이다. 아이러니 하지 않은가? 준비해 간 나는 얼어 죽을 뻔하고, 준비를 안 해 간 그녀는 따뜻하게 잔다는 것이.

이 경험은 많은 것을 생각하게 했다. 계획을 세울 때마다 완벽함을 기하려고 했던 평소 나의 삶의 방식에 변화가 필요했다. 한 개인이 모든 것을 준비할 수 없고 대비할 수 없는 미래를 놓고 너무 걱정하거나 두려워할 필요가 없기 때문이다. 내 앞에 펼쳐지는 상황을 최대한 수용하고 그 때 그 때 열린 마음으로 임하면 된다.

어떤 사람은 주인에게 민폐를 끼치느니 내가 좀 춥고 말겠다고 할지도 모른다. 실제로 그렇게 살아가는 사람도 많다. 다른 사람에게 피해를 주거나 아쉬운 소리 하는 것을 극도로 싫어하는 사람들. 나는 생각이 좀 다르다. 무엇이든 서로 기쁘게 주고받을 때는 더 이상 민폐가 아니다. 그건 교류이자 사랑이다.

사람은 사회적인 동물이다. 무엇이든 주고받으며 행복을 느낀다. 생각해 보라. 누군가에게 무언가를 받을 때도 행복하지만, 줄 때도 행복하지 않은가. 그 마음을 이해한다면 안 주고 안 받는 것만이 능사가 아니다. 기꺼이 주고 기꺼이 받을 줄 아는 것도 삶의 질을 높이는 삶의 방식이다.

그러니 온 마음을 다해 주어지는 여정을 즐기고 음미하는 수밖에 없다. 바다에서 출렁이는 파도를 피하려고만 하면 두렵다. 하지만 그 파도에 몸을 맡기고 흐름을 타면 오히려 재미있다. 바디 보드를 타고 바닷가에서 놀아 본 적이 있는가? 하와이 하나우마 베이에서 처음으로 바디보드를 타고 물놀이를 해 본 적이 있다. 색색의 물고기와 함께. 몇 시간을 바다에 떠 있어도 지루하지가 않았다. 파도가 높을수록 더 신났다.

"왜 이렇게 자꾸 웃음이 나오죠?"

함께 바디보드를 탔던 오랜 친구의 한마디다. 그런 거다. 어차피 우리 인생에서 내일이란 알 수 없다. 어떤 게 좋은지 나쁜지도 당시로서는 알 수 없다. 내 뜻대로 되는 것도 아니다. 내가 모든 것을 준비하거나 대비할 수도 없다. 그러니 우리의 선택만 남는다.

어차피 알 수 없는 내일을 두려워할 것인가? 호기심을 가지고 열린 마음으로 맞이할 것인가?

나는 알 수 없는 내일이 더 이상 두렵지 않다. 여행 중이니까. 온전한 마음으로 내 눈앞에 펼쳐지는 풍경을 음미하며 계속 걷고 있는 중이니까.

셋

현재

지금 이 순간을 살라.

한 번 뿐인 인생이니까

1.
일상이 여행이고
매 순간이 축제다

밴쿠버에서 처음 맞는 '혼자 살이'의 애로는 추위와의 직면이었다. 밴쿠버에 도착한 며칠은 겨울비가 하염없이 쏟아졌고 햇살도 잘 들지 않았다. 온화한 기후라고 들었는데 난방을 하지 않는 집의 냉기가 뼛속까지 스며왔다. 전체 난방 히터는 끄고 침대 전기 매트에 의존하며 살았기 때문이다. 심지어 잠결에 팔이라도 이불 밖으로 나가면 잠에서 깨버렸다.

타국까지 건너와서 하루 종일 인기척 하나 없는 곳에서 춥기까지 하니 내 상황이 처량해 보이기까지 했다. 밴쿠버의 겨울은 밤이 길어서 오후 4시만 되어도 칠흑 같은 어둠이 찾아온다. 비

도 많이 내린다. 그런데 춥기까지 하다. 마음이 조금 복잡해졌다. '어떻게 하지?'

그런데 막상 한 생각이 떠오르니 더이상 추위가 문제되지 않았다. '내 동굴은 너무 멋지지 않아?'『나는 여성의 몸으로 붓다가 되리라』는 책이 떠올랐던 것이다. 뗀진 빠모 승려는 독거 수행을 하면서 히말라야 동굴에서 12년을 살았다. 눈이 오면 입구가 막혀 며칠이나 갇혀 지내야 했던 그 동굴에 비하면 나의 거처는 너무나 잘 갖춰진 곳이지 않은가.

삶이란 이와 같다. 어떻게 바라보느냐에 따라 같은 상황이 완전히 다르게 와 닿는다. 당신에게 삶은 어떤 의미인가?

나에게 삶은 여행이다. 한 송이 꽃으로 피어날 꿈을 안고 지구별로 날아든 꽃씨의 여행. 인연 있는 사람을 만나고 땅을 만날 것이다. 내가 있어야 할 그 자리에 씨를 뿌려 몇 송이가 될지 모르는 꽃을 활짝 피울 것이다. 지금 나는 바라보는 사람들까지 행복하게 해 줄 꿈을 가지고 여행 중이다. 그래서 매일 매일이 흥미진진하다. 하나라도 놓칠까 유심히 바라보고 음미하니 매 순간이 축제다. 고생해도 추억이 되고 편안해도 추억이 된다.

인생이 여행이고 일상이 여행이다. 목적지가 정해지지 않은 끝나지 않는 여행. 매일 새롭게 만나는 풍경이자 마지막 풍경인 삶,

사람, 일을 마주하며 살아가고 있다. 마음을 고요히 하고 지금 이 순간 내 눈 앞에 펼쳐지는 풍경을 보라. 사소한 풍경에 관심과 애정을 기울여보라. 안 보이던 세상이 새롭게 열린다. 잔잔한 행복감이 깃들며 매일이 축제로 화하게 된다.

사람들은 너무 많은 것들을 다음으로 미루며 미래를 대비한다. 20대, 30대들도 벌써부터 노후를 걱정한다. 불행한 노후를 맞지 않기 위해 현재를 각박하게 사는 사람들도 많다. 60대, 70대들도 천년만년 살 것처럼 산다. 그 때까지도 모으고 아끼느라 옹색하게 지내기도 한다. 나중을 위해 너무 절제하면서 자신이나 타인에게 인색하게 구는 사람들을 보면 안타깝다.

그렇게 살다가 어느 날 갑자기 그 모든 것을 남겨두고 인생이 끝날 수도 있다. 낭비하라는 말이 아니다. 계획 없이 살라는 말도 아니다. 대비하지 말라는 것도 아니다. 정도의 문제다. 적정선에서 지금 이 순간과 미래를 균형있게 안배하라는 것이다. 그렇게만 해도 지금 이 순간의 더 많은 행복을 누릴 수 있다.

문제는 그 적정선이다. 그것은 삶을 어떻게 보느냐 하는 태도와 관련이 깊다. 우리에게 삶은 어떤 의미인가? 감옥인가? 그저 죽지 못해 살아가는 그 무엇인가? 삶을 다르게 보는 시선을 길러보라. 조금만 시각을 바꿔도 인생이 달라진다. 내게 인생이 여행인 것처럼. 끝나지 않는 여행을 통해 무슨 일이 일어나도 의미를 찾고 그것이 주는 인생의 철학에 대해 배울 것이다. 인생은 축제고 매 순간이 소중하다.

2.

당신은
당신이 생각하는 것보다 강하다

밴쿠버에서 처음 영화를 보러 갔는데, 거리에서 볼 수 없었던 현지인들이 영화관을 가득 메우고 있었다. 영어 자막도, 한글 자막도 없었지만 대형 스크린과 완벽한 음향으로 몰입하기에는 딱 좋았다. 영화 시작 전 공지사항과 광고도 제법 이색적이었다.

"당신은 당신이 생각하는 것보다 부자다. You are richer than you think."

스코샤 은행Scotiabank의 슬로건 광고였다. 발상이 재미있어서 눈에 확 들어왔다. 저 은행은 어떤 의미로 저 광고를 하는 걸까? 생각하는 것보다 부자이니 돈을 더 써도 된다는 말인가? 너무 가진 것만으로 자신의 가치를 판단하거나 기죽지 말라는 뜻인가? 정확하게 무슨 의미인지 확인할 길은 없었지만 내 마음속에도 하나의 슬로건이 떠올랐다.

"당신은 당신이 생각하는 것보다 강하다. You are stronger than you think."

갑자기 떠오른 문장이지만, 누구에게든 이 말을 해주고 싶었다. 아는 동생에게는 장난삼아 이 말을 자주 했다. 우리끼리 있을 때는 강인한 면모를 보여주던 그녀가 자기 남편만 나타나면 한없이 약한 여자가 됐기 때문이다. 심지어 병뚜껑 하나도 남편에게 달려가 열어달라고 한다. 남편도 싫어하진 않는 눈치다. 예쁜 장면이기도 하다. 그렇지 못한 부부들도 함께 있으니 분위기 전환을 위해 한 마디 한다. "넌 강한 여자야. 정신 차려." 그녀에게는 장난이었다. 귀여워서 하는 말이었다.

세상에는 자신의 한계를 극복하고 일가를 이룬 사람들도 많다. 자신의 무한한 에너지를 믿고 노력한 결과다. 그들을 보면 인간의 능력이 어디까지인지 그저 놀라울 따름이다. 그런 반면 자신을 너무 쉽게 과소평가하여 스스로 성장하길 포기하고 정체해 버린 사람들도 있다. 자존감없이 살아가는 모습을 보면 안타깝다. 그들은 피지도 못하고 시들어가는 꽃봉오리처럼 그저 상황만 탓하며 우울해 한다.

여기서 벗어나려면 무엇보다 자신을 믿어야 한다. 자신의 신념을 믿고, 꿈을 믿고, 설레는 마음을 믿어야 한다. 갈 길을 정하고 정해진 방향을 향해 돛대를 올려야 바람도 당신을 도와줄 수 있는 것이다.

나 또한 그런적이 있었다. 어릴 때는 남의 눈치 보느라 하고 싶은 일을 하지 못했다. 딱히 누가 시비 걸거나 반대한 것도 아닌데 왜 그렇게 걱정이 많았는지 모른다. '잘할 수 있을까? 잘못되면 어떻게 하지? 그래. 누가 시키는 것도 아닌데 그냥 하지 말자.' 많은 아이디어들이 떠올랐지만 시도도 못해 보고 포기했다. 용기있게 꿈을 펼치지 못하고 현실과 타협했고 안주했다. 때가 되면 인사이동을 했고 주어지는 일을 했을 뿐이다. 꾸준히 해 온 일들이 있긴 하지만 적극적으로 뛰어들지 못했다. 세월이 지나니 아쉬움이 남았다. 그 때 시작할 걸….

우리는 우리가 생각하는 것보다 강하다. 아니라고 생각되면 다른 것을 채우면 된다. 결핍이 필요를 부르고, 간절한 필요는 기적에 가까운 일을 해낸다. 자신에게 맞지 않는 것을 부여잡고 도전도, 실험도 하지 않는다면 얻을 수 있는 건 없다. 성장하지 못한다.

성장하는 일은 사람이 살아가는 많은 이유 가운데 하나다. 편안하게 사는 것도 좋지만, 배우고 성장하는 일은 더 큰 의미가 있다. 실패를 두려워하지 말고 자기 내면의 목소리에 귀 기울이며 끊임없이 도전하고 실험해 보라. 성공도 중요하지만 도전하고 배우는 것도 인생에 있어 중요하다.

지금 이 순간에도 남들 눈치 보느라 하고 싶은 일이 있어도 망설이거나 외면하고 있지는 않는가. 자신의 능력을 스스로 한정 짓지 않으면 우리 안에서 놀라운 힘이 발휘된다. 그간 미뤄두고 가슴에만 담아두었던 일을 과감하게 실행해 보자. 하고 싶은 일, 해야 하는 일이라면 도전해 보자. 당신은 당신이 생각하는 것보다 강하다.

3.
"나를 알아주지 않아도 됩니다"

자기 인생의 주인이 자신이 아닌 것처럼 행동하는 사람들을 볼 때 갖는 의문이 있다. '누구의 인생인가?' 어떤 일을 한 후 다른 사람의 반응을 기다리고 잘 했는지 잘 못했는지 눈치를 본다. 자신보다 다른 사람 마음에 드는지 안 드는지를 중요하게 생각한다. 그것은 자기가 아닌 거 아닌가.

다른 사람의 의견은 다른 사람의 의견일 뿐이다. 내가 선택하고 내가 책임져야한다. 무슨 일이든 최종적인 의사결정은 내가 하는 것이다. 내가 할 수 있는 최선을 다하는 것이 중요하다. 할 수 있는 최선을 다했는데 결과까지 좋다면 최고다. 좋은 결과가 따르지 않았더라도 거기서 무언가를 배울 수 있다. 그거면 되는 것이다.

다른 사람들이 칭찬까지 한다면 더할나위 없이 기분 좋은 일이다. 그렇다고 다른 사람의 칭찬에 마음이 흔들릴 것까지는 없다.

나이가 들면서 웬만한 일에는 쉽게 흔들리지 않는 사람들이 있다. 남들이 내 삶에 미치는 영향보다 진정으로 소중한 것이 무엇인지를 아는 사람들이다. 그들은 자신의 존재감을 자기 안에서 찾는다. 멋진 사람들이다.

안타깝게도 나이가 들면서 더 흔들리는 사람들도 있다. 늙고 무력해지는 것과 맞물려 자신의 존재감을 밖에서 찾으려는 사람들이다. 이런 사람들은 자신의 무게 중심이 다른 사람의 평가에 있다. 남들이 나를 알아주나 몰라주나, 대우하나 무시하나 연연해 한다. 남들의 평가에 전전긍긍하면서 계산하고 흔들린다. 늘 다른 사람의 태도를 살피고 신경 쓰면서 쉽게 서운함, 불만, 외로움을 토로한다. 갑질은 그렇게 싫어하면서 스스로 을로 사는 모습 아닌가.

자신을 아는 일은 중요하다. 자신이 해야 하는 일, 좋아하는 일, 할 수 있는 일을 찾아 기쁘게 해나갈 때 만족감과 행복감이 커진다. 그리고 그 행복감은 사람을 끌어당기는 매력으로 작용한다. 자연스럽게 다른 사람의 관심과 좋은 평가를 불러오게 된다. 사람들은 행복한 사람, 매력이 있는 사람을 좋아하기 때문이다.

지나치게 다른 사람의 관심과 애정을 갈구하는 마음은 자제하는 것이 좋다. 눈치 보는 일을 멈추고 다른 사람의 평가에 일희일비 하지 말자. 칭찬은 칭찬으로 받아들이고 다른 의견을 주면 참고하면 된다. 하지만 오롯이 남의 시선에 사로잡혀 일을 선택하고, 행동을 결정하고 평가를 기다리는 것은 옳지 않다.

아이가 어른이 되는 과정은 외부 지향적 자아에서 내부 지향적 자아로 성장하는 과정을 의미한다고 한다. 어릴 때는 부모나 학교 교육에 따라 선택과 판단을 한다. 하지만 성인이라면 자신이 판단하여 스스로 선택하고 스스로 책임지는 자아로 성장해야 한다. 어른이 되어서도 다른 사람의 판단과 평가에 연연한다면 나이는 먹었어도 정신적으로 성장하지 못하고 있다는 증거다.

내 인생의 주인은 나 자신이라는 사실을 잊지 말라. 아무리 힘들어도 자신이 선택하고 책임지는 주인으로 성장해야 한다. 성장하는 사람은 힘이 들더라도 바른길을 걷는다. 그렇게 하지 않고 다른 사람의 말에 따라 움직이고 잘못되면 책임을 전가하는 일은 쉽다. 남의 인생이라면 그렇게 해도 된다. 하지만 내 인생 아닌가. 언제까지 그렇게 살 수 있다는 말인가. 내 인생의 주인은 나다. 그러니 스스로 선택하는 삶을 살자.

스스로 선택하고 스스로 책임지는 삶이란 어떤 삶인가? 남 눈치 보지 않고 지금 이 순간 내가 할 수 있고, 해야 하고, 좋아하는 일에 몰입하면 된다. 대가를 지불하더라도 내 인생을 내가 살아가는 유일한 방법이다. 스스로 선택하고 스스로 책임지는 삶. 눈치 보지 않고 진짜 나로 사는 삶. 그러니 당당하게 말할 수 있어야 한다.

"나를 알아주지 않아도 됩니다."

4.

가슴의 반을 내주어 사랑하라

사랑, 얼마나 많은 사람들이 이 사랑 때문에 울고 웃고 애타고 그리워하는가. 생각해보면 사랑은 말 그대로 '천의 얼굴' 그 이상을 가졌다. 세상을 다 가진 것 같은 기쁨을 주기도 하지만, 천하에 홀로 버려진 외로움을 주기도 한다. 사랑이 주는 달콤함과 행복은 더할 나위 없이 매력적이지만 사랑할수록 깊어지는 두려움도 무시할 수 없다. 사랑이라서 아픈 시간 또한 견딘다.

사랑의 상반된 얼굴에도 불구하고 그 거부할 수 없는 매력에 이끌려 지금 이 순간에도 우리는 사랑할 대상을 찾는다. 모두들 이상적인 사랑을 꿈꾸지만 뜻대로 되지 않는 사랑 때문에 힘겨워한다. 사랑, 참 어렵다. 평생을 만나고 헤어지길 반복해도 사랑은 정말 쉽지 않다. 그럼에도 불구하고 사랑은 삶의 질에 큰 영향을 미친다. 사랑을 잘 하는 사람은 삶에 생기가 돌고 활력이 넘친다. 웬만큼 어려운 상황도 무난히 넘기고 스트레스를 견디는 힘도 강하다.

사랑을 잘 하는 것이 중요한데 어떻게 해야 사랑을 잘 할 수 있을까? 정답은 없다. 하지만 호주에서 만난 할머니의 따뜻한 조언은 늘 가슴 한편에 남아서 사랑의 지침으로 작용한다.

대학원 시절, 방학을 이용하여 처음 혼자만의 여행을 떠났다. '나는 누구인가? 어떻게 살아야 하지?' 목구멍까지 차오르는 이 풀리지 않는 의문으로 심하게 흔들리던 시절이었다. '한국을 떠나자. 나를 아는 사람이 아무도 없는 곳으로.' 혼자 떠난다는 두려움도 있었지만 그렇게라도 하지 않으면 마음속의 답답함을 풀 길이 없었다. 비행기를 타고 의자에 등을 기대는 순간 온몸의 긴장이 풀렸다. 가슴 또한 뻥 뚫리는 시원함과 자유로움이 밀려왔다. 어느새 혼자 하는 여행의 두려움은 가시고 호기심과 설렘이 마음 깊은 곳으로부터 차올랐다.

여행의 목적은 우프WWOOF, Willing Workers on Organic Farm를 경험해

보는 것이었다. 유기농 농가에서 일하며 지내는 거다. 여행자는 하루 4시간의 노동을 제공하고 농가에서는 숙식을 제공하는 일종의 문화교류 프로그램이다. 첫 번째 농가는 브리즈번에서 1시간 남짓 떨어진 곳에 자리한 집이었다. 그곳에서 해양 생물학자로 지내다 퇴임을 하신 할아버지와 약사 출신의 할머니와 함께 생활하게 되었다.

도심의 저택과 시골 농장을 오가며 생활하는 이 노부부는 겉모습만 봐도 사이가 좋지 않았다. 할머니는 할아버지를 큰소리로 혼내듯 주의 주는 일이 많았고, 할아버지는 내켜 하지 않으면서도 할머니가 요구하는 것들은 묵묵히 다 들어주셨다. 그런 할머니가 하루는 젊은 아가씨가 왜 여기까지 혼자 왔냐며 '꼭 백마 탄 왕자를 만나서 다시 오라'고 하시며 결혼 생활에 대해 이런 저런 조언을 해 주셨다. 할머니는 겉보기와 달리 매우 지혜롭고 자상한 분이셨다.

"사랑할 땐 가슴의 반만 주어야 해. 가슴을 온통 주어버리면 그 사랑을 잃을 땐 모든 것을 잃게 되지. 가슴의 반만 주어야 사랑을 잃게 되더라도 나머지 가슴의 반에서 새 살이 돋아날 수 있어. 그래야 새롭게 사랑할 희망과 용기를 낼 수 있거든. 사랑을 잃지 않더라도 반절의 심장은 늘 자신을 가꾸고 사랑하는 일에 써야 해. 그래야만 언제까지라도 매력 있는 사람으로 남을 수 있을 테니까.”

정말 지혜롭고 멋진 말씀이었다. 할아버지가 저렇게 할머니를 위하고 존중하며 살고 계신 데는 다 이유가 있었다.

사람들은 대개 누군가를 사랑하면 그 사람만 보는 경향이 있다. 그 사람에게 너무 의존한 나머지 자신을 잃어버린 사랑을 하게 된다. 마치 사랑은 반드시 그렇게 해야 하는 거라 굳게 믿으면서.

세월이 지나고 보니 할머니의 조언은 연인을 사랑하는 일에만 국한된 것이 아니었다. 일이든 사람이든 가슴의 반만 내주어 사랑해야 한다. 너무 집착하지 말아야 하는 것이다. 반절의 심장이 밖의 사랑을 향하고 있을 때, 또 다른 반절의 심장은 안으로 나를 지키고 가꿀 수 있어야 한다. 그렇게 균형감각을 잃지 않는 것이 중요하다. 그래야 일이든 사랑이든 흔들림 없이 지속할 수 있다. 균형감각을 잃지 않는 사랑이라야 현명하게 자신을 지킬뿐더러 상대도 지킬 수 있다.

지금, 이 순간에도 사랑 때문에 울고 웃는가. 사랑 때문에 너무 아프지 않았으면…. 가슴의 반만 내주어 사랑하고 또 다른 반절의 심장이 그들을 지킬 수 있었으면….

5.
"좋아, 아주 좋아, 나쁘지 않아"

그는 30년 이상을 처음 만났을 때의 풋풋함을 간직하고 있는 사람이다. 비록 머리숱이 성글고 얼굴 주름도 늘어가지만 늘 소년 같고 진솔하다. 자기 분야 전문가로서 누구 못지않은 실력을 갖추고 있지만 겸손하고 성실하다. 나이 들수록 그 나이 듦이 너무 좋다는 그가 무엇인가를 평가하는 표현에는 딱 3가지가 있다.

"좋아", "아주 좋아", "나쁘지 않아"

그는 모든 평가를 이 세 문장으로만 표현한다. 그냥 평범한 것은 '좋아'라고 한다. 좋은 것은 '아주 좋아'라고 하고, 좋지 않은 것은 '나쁘지 않아'라고 한다.

세상 모든 것들은 한 면만으로 단정하기 어렵다. 장점이 있으면 단점이 있고, 좋은 면과 좋지 않은 면이 공존한다. 그래서 판단은 바라보는 자의 몫이다. 같은 거리를 걸어도 우울한 사람에게는 우울한 장면들이 눈에 띄고, 행복한 사람은 행복한 모습들을 먼저 보게 된다.

티베트에 전해 오는 두 마리의 개 이야기가 있다. 하루는 사납기로 유명한 개가 숲에 들어갔다가 깜짝 놀라서 도망쳐 나왔다. 숲에 수십 마리 개가 떼를 지어서 달려들 듯이 으르렁거렸다는 것이다. 그런데 어느 날 유순하기로 유명한 개 한 마리가 우연히 그쪽으로 들어갔다. 으르렁거리는 개는 없었다. 오히려 수십 마리의 개가 반갑게 맞이해 주었다. 무슨 일인가. 거울이다. 거울에 비친 개를 보고 두 마리의 개가 상반된 반응을 보인 것이다.

우리도 세상을 이렇게 산다. 만나는 모든 사람, 모든 상황이 우리 자신을 반영한다. 그러니 알아차려야 한다. 상대방이 공격할 듯 달려온다면 내 마음이 그런 것이고, 상대방이 호의로 다가온다면 내 마음도 그와 같을 수 있다. 고의로 상대가 순수하지 못한 의도로 다가올 경우도 있지만 대부분의 관계나 상황이 우리 자신을 반영하고 있다는 사실 만큼은 틀림 없다.

결국 내 앞에 있는 그그녀나 내게 펼쳐지는 대부분의 상황은 일정 부분 내가 만드는 측면이 있다. 나를 반영하고 있고, 적어도 내가 그렇게 해석하는 면이 있는 것이다. 문제는 상황을 바라보는 시선의 문제다. 저마다의 시선과 입장에 따라 자기 삶이 힘들거나 수월할 수 있다.

아이러니하게도 나는 수월한 삶을 바랐지만 오랜 세월 그렇게 살지 못했다. 학창 시절에는 늘 1등을 해야 한다는 강박이 있었다. 전교 1등은 못해도 반에서는 매번 1등을 해야 한다는 생각 때문에 매사에 철저히 하는 습관이 붙어 버렸다. 철저히 하려니 좋은 점보다는 아쉬운 점이 도드라져 보였다. 늘 문제의식이 있었고 잘못된 것, 놓친 것, 빠진 것이 먼저 보였다. 그것만 어떻게 하면 더 좋아질 것 같아서. 또는 그것만 고치면 완벽해질 것 같아서.

하지만 산 넘어 산이었다. 아무리 노력해도 완벽하기는 어려웠다. 계속해서 뭔가가 부족했다. 끝없는 길이었고 지치는 길이었다. 그래서 적정선에서 만족하기로 마음을 먹었다. 삶이 수월해지기 시작했다. 어떤 상황에서도 장점을 먼저 보는 긍정에너지는 전파력이 있다. 생각만 해도 기분이 좋아진다.

"좋아", "아주 좋아", "나쁘지 않아"

6.
누가 뭐래도 흔들리는 건
네 마음이야

사람들은 남의 말을 정말 쉽게 한다. 동시에 남의 말에 쉽게 상처도 받는다.

이 '남의 말' 때문에 상처를 주고받는 문제는 평생에 한 번 정도는 짚고 넘어갈 필요가 있다. 남의 말이 내 삶에 어떤 영향을 끼치는지, 어떻게 대응해야 할지 그 노선을 정리해 볼 필요가 있다. 그렇지 않으면 평생 그 '남의 말' 때문에 일희일비하며 살아가게 된다.

"선배님, 나 진짜 못살겠어요. 알지도 못하는 사람들이 제가 이

번에 차 산 걸가지고 뭐라고 하나 봐요. 제 돈 주고 제가 사고 싶은 차를 샀는데 자기들이 무슨 상관이에요?"

잔뜩 성질이 난 후배가 하소연을 했다. 남이 무슨 차를 사든 왜 자기들이 문제를 삼는지 이해가 안 간다. 그런데도 사람들은 그러고들 산다. 남의 말 쉽게 하고, 상처를 주고받으면서. 하지만 곰곰이 생각해보면 그렇게 화를 낼 일도 아니다. 사람마다 생각 차이가 있으니까. 다른 사람 눈에는 좀 과해 보일 수도 있는 것이다.

누구든 그렇게 생각할 수 있고, 그렇게 말할 수도 있다. 입을 막을 작정이 아니라면 못할 말도 아니다. 그런데 사람들이 '그렇게 말하면 안 된다'고 생각하는 그 마음이 오히려 후배를 화나게 하는 것 같았다. 사람들은 무슨 말이건 할 수 있다. 되도록 듣기 싫은 말은 안 하면 좋겠지만 그게 어디 뜻대로 되는 일인가.

"흔들리는 건 네 마음이야."

중요한 것은 마음이 흔들리지 않는 것이다. 누가 어떤 말을 하든지 열린 마음으로 '액면 그대로의 생각'으로 이해하고 받아들이면 된다. '아! 저 분은 이 차가 내 형편에 과하다고 생각하는구나.' 이렇게 말이다.

그런데 우리는 감정이 앞선다. '왜 내가 내 돈 들여서 산 차를 과하다 어떻다 하는 거야?' 감정이 올라오면 그때부터 내 안이 흔들리기 시작한다. 말은 한번 들었을 뿐인데, 자기 마음 안에서 무한 반복적으로 계속 혼자서 말하고 대답한다. '그래서 내게 돈을 보태주기라도 했나? 자기 차인가? 자기는 이런 차 안 사면 될 거 아니야.'

주의할 것은 이 대목이다. "너 왜 그렇게 비싼 차 샀어? 너한테 너무 과한 거 아니야?" 한번 들은 말을 자꾸 떠올리며 여러 가지 생각과 감정들을 뒤섞어놓는 것은 오히려 자기 자신이라는 점이다. 그러니 화를 내는 건 어쩌면 남이 아닌 자신의 문제다.

한 때 누군가의 말 때문에 시달린 적이 있다. 가까운 사람이 말을 너무 심하게 하니까 감정이 상했다. '왜 하필 좋은 말 다 놔두고 저렇게 말을 할까' 하는 마음에 섭섭할 때도 있었고, 화가 날 때도 있었다. 어떻게 대응해야 할지를 알아내는데 상당한 시간이 걸렸다. 꽤 오랫동안 흔들렸다는 말이다.

그러던 어느 날 문득 그 사람의 말이 행동과 다르다는 사실을 알았다. "내가 이걸 두 번 다시 하나 봐라!"라고 말했지만, 기분이 좋아지면 그 일을 했다. 다시는 말도 섞지 않을 거라 했지만 화가 가라앉으면 금방 편하게 다가왔다. 그래서 그 이후로는 그 사람이 무슨 말을 하든 크게 신경 쓰지 않았다. '시간이 지나면 괜찮아

질 거야.' 정말 그랬다. 화가 날 때는 무슨 말이든지 다 쏟아내고 마음이 풀리면 언제 그랬냐는 듯이 친절하고 상냥했다.

그때 알았다. 흔들리는 게 내 마음이라는 것을. 그 후 그가 무슨 말을 하건 그의 생각만 읽어내고 내 감정을 섞지 않았다. 그러자 듣기 싫은 말을 듣는 게 훨씬 수월해졌다. 물론 우리의 관계도 더 좋아졌다.

남의 말이라는 게 다 그렇다. 입을 막을 수도 없고 따라다니면서 변명할 수도 없다. 그냥 '그 사람의 생각은 그렇구나.' 이해하면 된다. 남의 말 한 마디에 동요하는 것은 나를 너무 소중하게 여겨서다. 누구든지 나에 대해 나쁘게 얘기하거나 듣기 싫은 말은 하면 안 된다는 생각, 그것이 문제다.

그러니 남의 말에 너무 흔들리지 마라. 다른 사람들은 나와 다르게 생각할 수 있음을 인정하고 다른 사람 생각을 존중하라. 마음이 흔들릴 때마다 알아차리려고 마음을 챙기기 위한 노력을 하면 된다.

"정신 차려. 흔들리는 건 네 마음이야."

7.

고통과 수고로움을 대하는 태도

어릴 때는 책을 좋아하는 편이 아니었다. 늘 자연 속에서 뛰어 놀았다. 남동생을 따라 메뚜기와 개구리를 잡으러 다녔고, 산으로 들로 친구들과 어울려 놀러 다녔다. 바닷가에서도 많은 시간을 보냈다. 조금 자라서는 사람을 좋아했다. 친구를 집에 데리고 오거나 친구들 집에 가서 자고 오는 일이 많았다. 시험공부 한다고 모여서 커피 마시고 음악 들으며 평범한 아이들과 다름없이 그렇게 지냈다.

세월이 흐르고 '나는 누구인가? 어떻게 살아야 하는가?' 의문이 깊어졌다. 주변 사람들에게 물어보았지만 시원하게 답을 주지는 않았다. 내가 답을 찾는 수밖에 없었다. 수많은 밤을 책을 읽으며 보냈다. 저녁 9시에 책상에 앉아서 책을 읽고 정리를 하다 보면 새벽 5시가 되는 날이 허다했다. 책상에서 일어나도 팔을 제대로 펼 수가 없을 정도였다. 팔꿈치가 아파서 한참을 구부린 채 돌아다녀야 하는 날이 하루 이틀이 아니었다. 그렇게 나의 20~30대는 책을 친구 삼고 선생님 삼아서 많은 날을 보냈다.

그 중에서도 나의 철없고 어린 생각을 획기적으로 바꿔준 책이 있다. 바로 『끝나지 않은 길 - 고통에서 자기완성으로』 라는 M. 스콧 펙의 저서이다.

이 책의 핵심은 고통을 대하는 태도다. 살면서 우리가 겪는 대부분의 고통은 끝나지 않는 길과 같아서 영원히 끝나는 날이 없다고 했다. 고통이 없는 삶은 불가능하기 때문에 어느 정도의 고통은 감수하며 살아야 하고, 변화하고 성장하려면 끊임없이 필요한 수고로움을 감내해야 한다는 것이다.

정신이 확 들었다. 막연히 힘든 삶으로부터 달아나려했던 나에게 고통에 대한 정의를 명확히 제시해 주었기 때문이다. 나는 비로소 없애나갈 고통과 기꺼이 감당해야 할 고통을 이해할 수 있게 되었다.

그전까지만 해도 나는 '고통 없는 삶, 힘들지 않는 삶'에 집착했다. 분명히 힘들지 않는 삶이 가능할 것 같은데 내 삶이 그렇지 않았다. 나만 힘든 것같아 불안하기도 했고, 다른 사람 때문에 내가 힘든 건 아닌지 억울하기도 했다. 도대체 어떻게 해야 '힘듦이 없는 삶'에 이를 수 있을지 궁금했다. 그래서 누가 그런 삶을 살고 있는지 늘 주위를 살피며 지냈다.

겉으로 괜찮아 보여도 막상 속을 들여다보면 말 못 할 사연이 없는 사람이 없었다. 동시에 자신의 꿈과 비전을 실현하기 위해 노력하는 사람들이 보였다. 그들은 누가 시킨 것도 아닌데 자기 판단에 따라 기꺼이 힘든 삶을 선택하고 묵묵히 나아간다. 신념을 실현하기 위해, 꿈을 펼치기 위해 인내하며 할 수 있는 최선을 다하는 사람들의 모습이 가슴에 와 닿았다.

결국 인정하게 되었다. 성장하는 삶에 힘들지 않는 일은 불가능하다고. 인정하고 나니 신기하게도 갑자기 삶이 가벼워졌다. 웬만한 불편함은 쉽게 감수할 수 있게 되었고, 필요한 수고로움이라면 기꺼이 헤치고 나갈 용기가 솟았다.

그동안 내가 힘들어 한 원인은 수고로움조차 들이지 않고 좋은 상황만을 바랐기 때문이었다. 공짜를 바란 것이다. 노력 없이 뭔가 더 편하고 좋은 곳을 기웃거렸음을, 남들이 애써 얻은 것들을 공짜로 얻고 싶어 했던 어리석음을 인정하게 되었다.

책 한 권의 위력은 대단했다. 이 책을 읽고 힘듦 또는 수고로움, 삶의 고통을 대하는 마음 자세가 완전히 바뀌었다. 지금도 마찬가지다. 내가 필요해서 선택한 수고로움은 더는 고통이 아니다. 오히려 기쁨이다. 의미 있다고 생각하기 때문이다.

하지만 불필요한 고통은 최대한 줄이려고 노력한다. 걱정하지 않아도 될 일을 걱정하거나, 상관하지 말아야 할 일에는 끼어들지 않는다. 때때로 욕심이나 집착 때문에 괴로움을 자초하는 조짐이 보이면 바로 정신을 챙겨 마음을 비운다.

세상에 정답은 없다. 하지만 고통을 대하는 태도를 바꾸는 것만으로도 괴롭고 힘든 일이 훨씬 줄어든다. 필요한 수고로움이라면 흔쾌히 감수하고, 피할 수 없는 고통이라면 즐기면 된다. 고통이 끝나지 않는 길임을 인정하면 쉬워진다. 아무리 사소하더라도 불필요한 고통은 줄여나가고, 아무리 힘들어도 필요한 고통이라면 기꺼이 감수할 수 있어야 한다. 그렇게 우리는 성장해 나간다.

8.

힘들면 부탁해도 괜찮아

어린 후배들과 산행을 했다. 오랜만에 많은 얘기를 주고받다 보니 우리 세대들과는 확연이 다르다는 걸 새삼 느꼈다. 산으로, 들로, 바다로 뛰어다니며 놀았던 우리 세대가 느꼈던 아날로그 감성은 사라진 지 오래고 그들은 혼자서 공부하고 놀며 성장해 온 세대들이었다. 사람보다 컴퓨터나 핸드폰과 같은 디지털 장비와 놀거나 공부하는데 더 익숙했다.

그래서 그럴까? 그들은 직장 생활을 하면서 부딪치는 문제조차도 혼자서 해결하려 한다. 동료나 상사에게 잘 물어보지도 않고 혼자 낑낑대며 힘들어 한다. 완벽한 사람은 없다. 누구든 한계가 있다. 그러니 혼자서 잘 못하겠다면 주위 사람의 도움을 받는 것도 하나의 방법이다. 사람들이 중요한 결정을 할 때 머리보다 가슴을 따르는 경향이 있다고 한다. 논리나 정보보다는 감정에 지배를 받는다는 것이다. 그러니 사람 마음을 움직이면 누구든지 도와줄 의사가 있다는 사실을 알았으면 한다.

밴쿠버에서 지낼 때의 일이다. 화이트락 해변에 갔는데 주차장 요금수납 기계가 고장이 나서 주차비를 현금으로만 받았다. 그것도 2불짜리 동전만 사용할 수 있었다. '어쩌지? 차를 빼서 동네 골목까지 들어가야 하나? 그러기엔 너무 멀다. 어떻게 해야 되지?'

때 마침 시동을 거는 차가 눈에 띄었다. 다행이었다. 누군가가 주차장에 있다는 사실이. 상황을 설명하고 2불만 달라고 했다. 구걸 아닌 구걸이었다. 그런데 정말 다정하게도 그는 "노 프라브럼No problem"을 연발하며 흔쾌히 2불짜리 동전을 건네주었다.

서울에서도 비슷한 경험이 있었다. 서울로 옮긴 지 얼마 되지 않아 길을 잘 모르는 상태에서 버스를 탔다. 아무래도 좀 이상한 것 같아 기사님께 상황을 설명하고 여쭤보았다. 기사님께서는 버스를 잘 못 탔으니 길을 건너 버스를 갈아타라고 하셨다. 감사하다고 인사를 드리고 길을 건너 버스를 탔다.

그런데 갈아탄 버스의 기사님께서 요금 통에 손을 얹어놓고 동전을 넣을 수 없도록 막고 계신게 아닌가. 동료 기사가 전화해서 요금을 받지 말라고 했다는 것이다. 감동적이었다. 버스를 잘못 탄 건 나니까 요금을 한 번 더 지불하는 것이 당연한 것인데, 친절하게도 그 기사님은 버스 타는 법도 알려주고 요금까지 아껴주셨다. 도움이 필요한 사람을 외면하지 않고 도움을 주고 싶어 하는 마음, 사람 마음은 이런 것이다.

문제는 도움을 청하지 않는 사람을 도와주기는 쉽지 않다는 것이다. 사회생활을 처음 시작하면 너나 할 것 없이 새로운 환경에 적응하느라 정신없고 처음 하는 업무가 서툴고 힘들기 마련이다. 특히 직장에서 상사는 어려운 존재라 먼저 다가가기가 쉽지 않다. 그래서 혼자 일을 해결하려고 한다. 그러다보니 능력은 한계에 부딪히고 아무도 도와주지 않는 것 같아 서운하고 속상한 마음이 든다.

물론 혼자 할 수 있는 일은 혼자 하는 것이 제일 좋다. 하지만 혼자 힘으로 어렵겠다는 생각이 들면 낮은 자세로 도움을 청하는 것도 좋은 방법이다. 도움을 주고받으면서 고마움도 느끼게 되고 서로를 더 깊이 이해하는 계기가 되기도 한다. 일거양득인 셈이다. 사람 마음은 정말 묘하다. 시간도 들고 에너지도 들지만 도움을 주면 행복한 마음이 생긴다. 이 미묘한 사람 마음을 잘 이해하면 도움을 주고받기가 훨씬 쉬워진다.

그렇게 우리는 서로 도움을 받고 도와주기도 하면서 동반성장을 한다. 그러니 혼자 해결하려고 끙끙거리지 말라. 주위에 사람이 없다면 전화도 가능하다. 전화를 해서라도 다른 사람의 지혜와 도움을 받아 해결해 나가면 된다.

물론 스스로도 누가 부탁하면 들어줄 의사가 있어야 한다. 매일 도움만 요청하는 사람을 좋아할 리 없기 때문이다. 요즘처럼 복잡하고 급변하는 세상에서는 서로 도움을 주고받는 건강한 관계를 구축할 필요가 있다. 혼자 불가능해 보이는 일도 힘을 합하면 생각보다 쉽게 할 수 있다. 그래서 직장에서 힘들어하는 후배들을 보면 묻게 된다.

"진심으로 낮은 자세로 도움을 청해 보았니?"

9.

직장생활에 대한 발상의 전환

얼마 전 명상을 배우는 학생에게 물었다. 그 회사 주인은 누구냐고? 학생은 당연하다는 듯이 대표 아니냐며 왜 그런 걸 물어보느냐고 했다. 난 그에게 마음만 바꾸면 사실 그 회사의 주인은 본인이라고, 내 회사인데 대표는 대표 일을 하는 것이고 팀원들은 팀원들 일을 해주는 거라고, 그렇게 생각하면 회사 생활이 예전과 많이 달라질 것이라고 이야기 해줬다.

대표가 일을 챙기면 회사 잘 되라고 하는 일이니 고맙게 느껴질 것이고, 조금 서툰 팀원이라도 애정이 가고 더 잘 가르쳐 주고 싶은 의욕이 생길 거라고 말이다.

직장은 마음가짐 여하에 따라 곤욕스러운 전쟁터가 될 수도 있고, 기분 좋은 일터가 될 수도 있다. 주인의 마음으로 일을 하는데 성과가 나지 않을 리 없고 그러한 안목의 변화는 자연스럽게 리더로서의 자질로 이어진다. 그렇게 스스로 성장하는 것이다.

첫 직장에서의 경험은 중요하다. 첫 직장에서 적응을 잘하면 많은 것을 배울 수 있다. 하지만 첫 직장생활은 누구나 힘들다. 회사라는 환경과 상사와 부하로 이루어진 관계, 처음 해보는 업무. 어느 것 하나 익숙한 것이 없다. 사회에 첫발을 내딛는 순간 직장의 막내가 된다. 발언권도 없을뿐더러 단순한 업무는 당연히 사회 초년생 막내의 몫이다.

나의 첫 근무 또한 만만치 않았다. 갑자기 상사와 아랫사람으로 나뉘고 아랫사람으로서 처리해야할 일과 감수해야 할 것들이 너무 많았다. 주어진 업무에 한정되는 것이 아니라 청소를 비롯해 살림살이까지 도맡아 해야 했다. 상관과의 파트너십을 기대했지만 불가능한 일이었다. 심지어 외출하는 일까지도 허락을 받아야 했다.

근무지를 옮겨도 보았다. 하지만 크게 달라지지는 않았다. 좋은 의견이 있지만 내 의사는 그렇게 중요해 보이지 않았다. 이직을 했고 대학원에 진학도 했다. 학교도 마찬가지였다. 지도교수의 입지에 따라 조교의 근무지가 정해졌고, 심지어 장학금 순서도 영향을 받았다. 세상은 실력과 상관없이 인맥과 연차가 중요한 것인가?

사생활을 존중해 주면서 파트너십으로 자유롭게 의견을 주고받는 직장, 각자의 능력에 따라 적절한 지위가 주어지고 구성원들도 만족스럽고 업무상으로도 최고의 효율을 낼 수 있는 그런 일터는 불가능한 것인가? 이런 저런 생각이 깊어질 무렵 한 선배와 속 깊은 대화를 하게 되었다.

S건설 과장이었던 선배는 지금은 힘든 것이 당연하다고 했다. 내 뜻이 받아들여지지 않는다고 실망하거나 속상해하지 말라, 의견을 낸 것으로 만족하라, 내가 잘 몰라서 그렇지 윗사람들은 내가 보지 못하는 것들까지 고려해야 하니 그들을 믿으라고 했다. 그러면서 직장에서 기대하는 일에 집중을 하고 남는 시간에는 미래를 준비하라고 했다.

전에는 어떻게든 사직서를 내고 벗어나는 것만이 유일한 대안처럼 느껴졌다. 하지만 선배의 말을 듣고 보니 이곳뿐 아니라 직장 생태계 전반에 만연되어 있는 문제로 보였다. 마음이 좀 편안해졌다. 근무환경에 대한 불평을 멈추고 어디를 가더라도 매력적일 수 있는 실력을 갖추는 쪽으로 마음을 바꿔먹었다.

선배의 말은 사실이었다. 오랜만에 통화 한 친구의 말을 듣고 보니 정말 그랬다. Y사 기자인 친구는 기자생활 10년째에 비로소 9시 출근 5시 퇴근이 가능해졌다고 했다. 그 이전에는 출퇴근 시간 자체가 없었다고 했다. 새벽이나 밤에 일어나는 사건 사고는 당연히 말단인 본인의 몫이라 하루 24시간이 전부 대기시간이었다는 것이다. 밤이든 낮이든 새벽이든, 전날 야근을 했든 휴일이든 부르면 달려 나가야 했다는 것이다.

그렇게 정신없이 달려가 취재를 하고 기사를 썼던 그 경험들이 친구에게는 소중한 자산이 되었다고 했다. 결국 10년이 문제였다. 직장생활을 시작하고 거의 10년은 어느정도의 고생을 좀 해야 한다는 것이었다. 예외는 있을 수 있지만 대부분 그렇다.

나 역시 우여곡절이 많았던 신입 시절을 거쳐 10년 차로 접어드니 많은 것들이 수월해졌다. 우선 나의 능력이 생겨 있었다. 업무상 주어지는 일들을 제대로 소화할 수 있는 실력이 생긴 것이다. 조직 안에서도 상하 관계에 상관없이 일을 주도적으로 했으며 일을 많이 해도 문제가 되지 않았다. 누가 시키지 않아도 할 일은 찾아서 했고 해결해야 하는 일은 빠르게 처리할 수 있었다.

그렇게 10년, 20년이 지나면서 중요하게 생각하는 것이 달라졌고 책임이 생기니 내 생각대로 하는 것도 중요하지만 일이 잘되는 것이 더 중요해졌다. 구성원의 합력이 절실해졌다. 일보다 사람을 먼저 생각해야 한다는 것을 배우게 된 것이다. 그래서 쉬어갈 줄도 알게 되었고, 눈을 감고 입을 닫아야 할 때도 알게 되었다.

직장 생활의 질은 행복한 삶에 지대한 영향을 끼친다. 직장에서 심각한 문제가 있다면 이직이나 창업을 고려할 필요가 있다. 하지만 초년생 시절에 직장이 자기 뜻대로 되지 않는다고 상사나 동료를 탓할 것만은 아니다. 10년 정도는 겸허한 자세로 배우고 적응하고 준비하며 보내는 것이 좋다.

지금도 사회생활을 시작한 지 얼마 되지 않아 어려움을 겪거나 내일이라도 당장 사직서를 던져버리고 새로운 직장을 구하고 싶은 사람도 있을 것이다. 충분히 이해가 되고 공감이 간다. 우리도 그랬다. 실제로 직장생활 10년까지는 어느 정도 힘든 게 현실이다.

본인이 지시받는 성향이 아니라 판단된다면 차차 계획을 세워 독립을 준비해 나가는 것도 방법이다. 그것이 아니라면 10년은 커리어를 쌓고 내실을 다지는 시간으로 써도 괜찮다. 자신을 아는 일이 중요하다. 당신은 어떤 유형의 직장인인가?

10.

칭찬이 고래만 춤추게 하는 건 아니다

한국 사람은 칭찬에 인색한 경향이 있다. 남자라서, 연장자라서, 여자니까, 상사니까. 다양한 이유로 우리는 칭찬을 잘 못한다. 당신은 어떤가?

캐나다 사람들은 참 달랐다. 밴쿠버 UBC에서 수영을 배웠는데 매번 한 달 강습을 받고 나면 코치로부터 카드를 받았다. 코치가 일일이 손 글씨 카드를 써주는 것도 이색적이지만, 내용도 문화적 차이를 실감하게 했다. 전반부 내용의 80%는 칭찬일색이다. 강습생의 칭찬을 충분히 해서 자신감과 용기를 준다. 그런 다음 후반부에는 살짝 지적과 개선 사항을 언급한다.

나중에 안 사실이지만 대부분의 선진국에서는 이런 방식이 일종의 문화로 자리 잡혀 있다. 그들은 어린 시절부터 이렇게 교육을 받고 그런 대우를 받고 자라는 것이다. 그러다보니 자연스럽게 칭찬해줄 만한 것들에 관심을 기울이게 되고 칭찬을 하는데도 적극적이다. 칭찬 뿐만이 아니다. 사랑을 표현하는 데도 적극적이다. 말로서 또는 안아주기, 가벼운 볼맞춤 등으로 사랑을 적극적으로 표현한다.

삶이 각박해질수록 우리는 내 마음 알아주는 이가 있었으면 좋겠고, 마음 편히 기댈 수 있는 믿을만한 사람을 갖고 싶어 한다. 황폐해진 마음을 채워 줄 무언가가 필요한 시기다. 이럴 때일수록 칭찬도 열심히, 사랑표현도 좀 더 적극적으로 한다면 어떨까?

생각해 보자. 당신은 지금 회사에 남아 혼자서 일을 마무리 하고 있다. 그런데 팀원이나 상사가 "오늘도 잘 했어. 역시 최고야." 라고 한마디 건네준다면 그 날의 피로가 한 번에 달아날 것 같지 않은가. 문을 열고 퇴근하는 남편, 아내에게 "수고했어요. 당신밖에 없어요."라고 해준다면 당신의 남편, 아내는 매일 집으로 돌아오는 길이 설레지 않을까.

칭찬은 무뚝뚝한 남자에게도, 신경증적인 여자에게도, 꼰대 사장에게도, 철없는 직원에게도 모두 필요하다. 세상이 각박하고 힘들 때는 더욱 그렇다. 요즘처럼 사람을 만나기 힘든 상황에서는 매일 만나는 사람들의 격려와 칭찬, 애정표현이 힘을 주고 에너지를 준다.

너무 쑥스러우면 이모티콘을 활용해도 좋다. 건조할 수 있는 업무용 메시지에 하트 하나, 꽃 한 송이를 보내보라. 귀여운 이모티콘은 일을 떠나 정서적인 순화가 된다. 주고받는 대화나 정보가 한결 따뜻하고 부드러워진다.

누가 먼저랄 것도 없다. 생각나는 사람이 먼저 하면 된다. 때로는 유머러스한 것도 좋다. 건조한 일상에 웃음이란 윤활유와 같아서 삶에 생기를 불러일으키고 부드럽게 굴러가게 한다.

캐나다에서 스낵을 사 먹었을 때의 일이다. 영어공부에 관심을 갖게 되면서 구입하는 모든 물건에 쓰여 진 영어 문장을 다 읽어보던 때였다. 캐나다는 농산품을 포함한 많은 제품들을 수입에 의존한다. 그런데 언젠가부터 그 스낵들을 자체 생산했다. 신기해서 그 스낵들을 사서 읽어보는데 의외의 내용이 적혀 있었다.

〈내용물: 파스닙과 공장에서 함께 일하고 있는 직원들의 유쾌한 웃음소리 뿐〉

정말 캐나다스러웠다. 얼마나 소박하고 가슴 따뜻한지 스낵 회사의 위트 있고 편안한 분위기가 고스란히 전해져왔다. 파스닙 칩 설명은 또 이랬다.

<지금까지 파스닙에 대해 나쁜 기억을 갖고 있다면 그건 순전히 네 엄마의 요리실력 탓이야. 우리가 만든 파스닙을 먹어봐. 파스닙의 진정한 맛을 알게 될 거야.>

이런 식이다. 캐나다 문화가 고스란히 과자 봉투에 녹아 있었다.

밴쿠버에서는 요트 판매용 광고문구도 몹시 이색적이다. <네 아내가 사도 좋다고 했어Your wife said yes.>이 말뿐이다.

일상 도처에 녹아있는 위트나 유머. 칭찬과 애정의 적극적인 표현은 지치고 힘든 일상에 생수와 같은 역할을 한다. 가슴 따뜻하게 하고, 살아 숨 쉬게 하고, 다시 해볼 용기를 주고, 더 잘하고 싶은 의욕이 솟아나게 한다.

칭찬이 고래만 춤추게 하는 건 아니다. 어머니도 아버지도, 아내도 남편도, 아이들도 선생님들도, 동료도 상사도. 연인에게도, 심지어 길거리에서 만난 행인에게도 기쁨을 주고 힘을 준다. 내가 들어도 기분 좋은 일 아닌가. 칭찬이나 사랑을 애타게 구할 것까지는 없지만, 사소한 행복과 일상의 기쁨을 더 하기 위해 적극적으로 표현하는 것도 나쁘지 않다. 거짓으로 꾸미라는 게 아니지 않은가. 느껴지는 마음을 표현하라는 거다. 진지하게 생각도 해보고, 입장 바꿔 생각도 해보라. 지금 이 시대에 진정 필요한 일이 아닌가.

11.

일단 집을 정리하고 청소를 하세요

청소를 잘 못하는 사람이 꽤 많다. 평소 사람만 만날 때는 잘 모른다. 어쩌다 차를 탄다든지 집에 가보면 겉모습 이미지와 달리 너무 정리정돈과 청소가 안 되어 있는 경우를 본다. 사람을 겉모습만으로 판단할 일이 아님을 절감하게 되는 조금은 당황스러운 순간들이 있었다.

하루는 40대 초반 여성의 차를 탔다. 먼지가 쌓이다 못해 솜뭉치 같은 것들이 대시보드에 굴러다닌다. "어머, 이게 뭐야. 내가 닦아줄까?" 물으니 "아니, 괜찮아요. 바쁜데 뭘." 대수롭지 않게 여긴다.

냉장고나 집 정리를 도와주는 TV 프로그램을 보면 '와~, 저렇게도 사는구나.' 싶은 사람들이 꽤 있다. 이유는 다양할 수 있다. 정리정돈 하는 법 자체를 잘 몰라서, 바빠서 시간이 없어서, 청소를 해야 할 필요성을 못 느껴서.

차든, 집이든, 사무실이든 청소가 제대로 되어 있지 않는 사람에게는 믿음이 잘 안 간다. '이렇게 정리 정돈을 못하는 걸 보면 이 사람의 속내도 그렇지 않을까. 생각이나 감정을 정리하지 못하고 버려야 할 것도 버리지 못하고 쌓아놓고 있지 않을까. 그런 사람의 판단이나 태도를 전적으로 믿기는 좀 그렇지 않나?' 하는 맥락에서다.

나름대로 사정과 이유가 있어서 그렇게 지내는 것을 이해 못하는 것은 아니다. 그러니 인간관계까지 절연하는 일은 없다. 하지만 이런 사람들과 무슨 일을 함께 할 때에는 더 꼼꼼하게 챙기곤 한다. 혹시라도 정신이 어수선하여 빠뜨린 건 없는지 좀 더 신경을 쓰는 것이다.

사실 나도 청소를 잘 하는 편은 아니다. 하지만, 정기적으로 정리정돈을 하고 먼지를 털어낸다. 방 안의 가구를 새롭게 배치하면서 묵은 먼지를 털어내고 서랍도 뒤져서 정리를 한다. 버릴 것은 버리고, 나눠 줄 물건은 나눈다. 특히 일상이 타성에 젖거나 뭔가 표현할 수 없는 불편함이 느껴질 땐 여지없다.

뭔가 일이 잘 풀리지 않는다고 느껴질 때도 꼼꼼하게 청소를 한다. 필요 없는 물건들을 버리고 흩어진 물건들을 정리정돈 하고 닦고, 털고, 말리고, 다림질을 한다. 그러다보면 어느새 내가 머무는 공간이 정리되고, 제자리를 찾고, 깨끗해진다. 동시에 내 삶도 함께 정리가 되고, 반듯해지고 깨끗해지는 느낌이 든다. 활력도 생겨나고 머릿속도 맑아진다. 뭔가 새롭게 시작해 볼 희망이 생기고 창의력도 꿈틀거린다. 기분도 좋아진다. 매번 그랬다. 청소를 깔끔하게 하고 난 환경은 내 자신을 반영하는 듯 했다.

처음에는 사람이 공간을 꾸미고 환경을 조성하지만 나중에는 사람이 그 환경에 지배당한다. 그래서 환경은 건강한 몸과 마음을 위해 정말 중요한 요소가 된다. 많은 사람들이 간과하지만 환경과 주인은 서로 밀접한 영향을 주고받는다. 다른 말로 하면 그 사람이 살고 있는 환경을 보면 그 사람을 알 수 있다는 말이다.

사회 심리학자이자 영성가인 래리 로젠버그의 『호흡이 주는 선물』을 보면 크리슈나무르티도 이념이나 이상이 아니라 일상의 삶, 실제로 살아가는 모습을 강조한다.

래리 로젠버그는 전 세계를 돌며 강의를 다니는 세계적인 영적 교사 크리슈나무르티에게 '혼자서 할 수 있는 수행법'에 대해 물었다. 크리슈나무르티의 답은 의외였다. 수행의 방법에 대해 알려준 것이 아니라 삶의 방식에 관한 것이었다.

"일단 집을 정리하세요. 그리고 당신이 실제로 어떻게 살고 있는지 그것에 집중하세요. 실제로 어떻게 살고 있는지를."

그렇다. 일과 사랑, 청소를 포함한 일상의 모든 실제적인 삶은 그 사람을 정확히 반영한다. '스스로 자신이 어떻게 살고 있는지'를 냉철하게 살펴보고 각성이 일어나면 그 때부터 실질적인 변화가 일어난다.

청소는 그 일례에 불과하다. 아파트 경비 아저씨들을 대하는 태도, 사무실 청소를 해주시는 분들을 대하는 태도, 택시기사님을 대하는 태도. 사소한 것 같지만 그 모든 '실제로 살고 있는 모습'은 자신의 사실적인 모습을 그대로 반영한다. 겉으로 꾸미고 비싼 아파트에 살면서 좋은 옷을 입고 그럴싸한 직장에 다니며 좋은 차를 가질 수는 있다. 그것도 자신의 일부 인 것은 사실이다.

하지만 정리정돈을 안하고 집안 곳곳을 지저분하게 해놓는다든지, 쓰지도 않는 물건들을 쌓아둔다든지, 자신에게 적절하지도 않은 물건을 과하게 지니고 있다면 그 모습 또한 자신이다. 먼지 가득한 차, 흐트러진 사무실, 방을 그대로 방치한다면 당신의 생각이나 감정 또한 그렇게 방치하며 살아가고 있는 것이다.

그런 환경 속에서 온전한 정신을 차리기는 쉽지 않다. 때때로 삶이 고달프다 느껴질 때, 뭔가 해결되지 않은 문제가 산적한 느낌이 들 때, 살아가는 일상이 너무 타성에 젖은 느낌이 든다면 청소를 권하고 싶다. 집안 구석구석, 차 안 밖을 말끔히 정리하고 쓸고 닦아보라. 기분이 좋아지고 활력이 생길 것이다. 새로운 환경에 머리도 맑아지고 후련한 느낌이 들 것이다. 그 상쾌한 머리에서 새로운 아이디어도 솟아날 것이다.

평소에 힘들다는 생각이 들지 않는 사람도 가끔은 마음을 내서 제대로 된 청소를 한 번 해 보라. 기대했던 것보다 훨씬 기분이 좋아지고 생각과 마음이 변화됨을 스스로 느낄 수 있을 것이다.

12.

지금 당장 행복해질 수 있는 삶의 태도

'힘들다' '어렵다' '죽겠다' 하면서도 이 삶을 계속 이어가는 이유는 무엇일까. 죽지 못해서 산다고 하지만 당장 죽을 수 있다고 해도 우리는 죽을 수 없다. 오늘보다 나은 내일에 대한 기대와 희망을 저버릴 수 없기 때문이다. 인정하든 그렇지 않든 생명의 본능은 '어떻게든 살아서 행복해지고 싶은 의지'를 갖고 있다.

그렇게 바라는 행복을 우리는 언제 느끼며 살고 있을까. 가장 쉽게 인식할 수 있는 행복은 사람과의 관계에서 온다. 사랑이 시작되었을 때, 첫 아이를 가졌을 때, 마음에 드는 선물을 받았을 때, 칭찬 받을 때, 좋아하는 사람과 멋진 풍광을 보며 여행할 때,

맛있는 음식을 함께 먹을 때 우리는 쉽게 행복을 느낀다.

꼭 그렇게 가슴 뛰거나 요란하지 않은 행복도 우리에게 찾아온다. 따사로운 햇살을 받을 때, 고요히 차 한 잔을 마실 때, 좋아하는 책을 읽을 때, 화초에 물을 줄 때, 마음 놓고 늦잠을 푹 잤을 때, 밤하늘의 별이 가슴에 와 닿을 때…. 이렇게 사소하고 소리 없는 행복도 있다.

행복은 가진 자의 몫이 아니라 느끼는 자의 몫이다. 캐나다 로열뱅크가 내놓은 보고서는 그 사실을 확인해 준다. 백만장자들 가운데 재산이 늘어날수록 행복해진다는 사람은 절반에도 못 미친다고 한다. 이유는 재산이 불어나면서 더 많은 고민이 생기기 때문이라는 것이다. 특히 이들 백만장자의 10%는 언제 실패할지 모른다는 두려움 때문에 늘 공포심에 노심초사한다고 한다.

분석심리학자 프로이드는 '사람은 일과 사랑이 원활하게 굴러갈 때 행복을 느낀다' 했다. 일터에서 직장상사나 동료와의 관계, 업무성취나 승진이 뜻하는 대로 이루어지고 자아실현이 된다는 느낌과 동시에 사랑하는 연인과 부부, 자녀와 고부, 형제자매가 건강하고 그 관계가 좋을 때 행복감을 느낀다는 것이다. 그러나 둘 중의 어느 한 날개만 삐걱거려도 행복하기는 어렵다고 한다. 충분히 공감이 가는 이야기다.

문제는 이 두 영역이 원활하지 않은 사람들이 많다는 것이다. 일과 사랑이 제대로 되지 않아도 사람들은 행복할 수 있을까? 직장 상사나 동료와 갈등이 잦고 업무 추진이 잘 안되거나 좌천, 실직 등으로 상처를 받는다면? 연인이나 부부, 부모, 자녀 중에 한 명이라도 아프거나 갈등으로 괴로움이 생긴다면? 과연 행복을 느낄 수 있을까?

긍정심리학의 창시자이자 행복전도사인 마틴 셀리그먼 박사는 우울증을 30여 년간 연구하였다. 인간을 행복하게 해 줄 강점과 미덕에 초점을 두고 연구한 결과 그는 '행복은 타고나는 것이 아니라 훈련을 통해 개발될 수 있는 것'이라는 사실을 발견했다. 상황이나 환경에 상관없이 사람에 따라 행복을 느낄 수 있다는 것이다. 희소식이 아닐 수 없다. 일이나 사랑이 어떻게 굴러가더라도 행복할 수 있다는 건 매우 반가운 일이다.

행복을 느낄 수 있는 기술이란 어떤 것일까? 두 방향의 길이 가능하다. 하나는 쉬운 방법이다. 이미 있는 행복을 발견하고 음미하는 것이다. 이미 있는 행복에게 이름을 불러주면 행복이 온다. '내가 너에게 이름을 불러 주었을 때, 너는 나에게로 와서 꽃이 되었다'는 시구처럼 사랑한다, 고맙다, 잘한다, 기분 좋다, 맛있다, 예쁘다고 말해주면 나에게로 와서 행복으로 피어난다.

"여보, 당신 손에 우리 셋 목숨이 달렸소. 고맙소."

이 한마디가 부인 또는 남편을 춤추게 하고 행복하게 할 수 있다. 지켜보는 나도 단번에 행복해 질 수 있다. 이처럼 지금 가진 것에 대한 행복은 만족과 안분에서 비롯되는 경우가 많다. 행복을 발견하고 음미할 수 있는 긍정적인 마음과 태도는 이미 가지고 있는 행복을 배가시킨다.

깨어 있으면 보인다. 지난 일에 대한 후회나 미래에 대한 불안으로 마음을 뺏기지 않으면 느낄 수 있다. 타성에 젖거나 일상성에 빠져 습관적이고 기계적으로 살지 않는다면 행복이 찾아온다. 지금 만나는 사람, 지금 하고 있는 일에 온 마음을 다 하면 행복을 느낄 수 있다. 사람을 만날 때, 음식을 먹을 때, 일을 할 때 온 마음을 다하면 효율이 높아지고 장점이 보인다.

마음을 고요히 해도 행복을 느낄 수 있다. 고요는 마음의 여백이다. 마음이 고요하고 흔들림이 없으면 행복을 음미하기 쉽다. 세상의 많은 창조는 모두가 잠든 고요한 밤에 이루어진다고 한다. 고요와 침묵의 시간은 창조의 자양분이 되어 행복이 자라날 토양이 되어 준다. 밖을 향해 갈구했던 무언가를 내려놓고 잠시 하던 일을 멈추고 복잡했전 마음을 내려놓으면 내면으로부터 행복이 차오르는 것을 느낄 것이다.

없는 행복은 노력해서 만들어야 한다. 일단 적극성을 띠고 '좋아하는 일'을 하고 '하고 있는 일'을 좋아하자. 작은 변화가 새로운 행복을 불러올 것이다. 또는 하고 싶은 일이든지 해야 하는 일을 실험하고 시도해야 한다. 아무 일도 하지 않고 가만히 행복만을 기다릴 수는 없지 않는가. 그러니 시도해봐야 한다. 실패를 두려워하지 말고 실험해 보자. 성공하면 행복할 것이고 실패해도 배우면 되는 것이다.

욕심을 줄이거나 능력을 키우면 행복에 다가가기가 쉽다. 능력이 안 될 것 같으면 깔끔하게 포기하는 것도 방법이다. 능력이 되면 힘들더라도 행복을 장만하면 된다. 성공 경험은 사람을 행복하게 하니까.

그럼에도 불구하고 도처에 우리의 행복을 방해하는 요인들이 있다. 이 요인들을 줄여나가는 것도 행복에 이르는 중요한 방법이다.

그 중 하나는 '미루지 않기'다. '나중에' '나중에' 습관적으로 미루는 사람은 적체된 과제들로 체하기 일쑤다. 할 수 있는 일은 때맞춰 처리하고 해결해 나가는 것이 중요하다. 성공해서 일가를 이룬 사람들은 대체로 미루는 법이 없다. 때에 맞게 일처리를 함으로써 자신의 에너지 효율을 높이는 것이다.

또 한 가지는 지나친 자기 절제와 완벽주의를 조심하는 일이다. 한 연구결과에서 완벽주의 성향을 가진 사람이 직장 내 업무 성공률이 낮다고 보고 했다. 이유는 완벽주의자들은 자기만의 방식으로 완벽을 기하기 위해 협업에 소극적이며 마감 시간을 맞추는 데 실패하는 경향이 짙다는 것이었다.

누구나 행복을 원한다. 행복하려면 행복할 수 있는 삶의 태도를 갖고, 자기만의 방식으로 행복을 찾아야 한다. 행복을 스스로 만들지 못하면 불행에 가까운 무료한 삶으로 빠져들기 쉽다. 마음이 계속 바뀌면서 본인의 의도와 다르게 움직이기 때문이다.

행복은 많이 가진 자의 몫이 아니고 느끼는 자의 몫이다. 적극적으로 이미 가진 행복을 음미하고, 없는 행복은 스스로 만들어내자. 지금부터 당장 행복하게 살자.

명상

자기 인생을 살라,

그래야 온전히

행복할 수 있으니까

1.

너,

진짜 괜찮은 거 맞아?

마음이 차분해지고 명료해질수록 앞으로 어떻게 살아가야 할지가 분명해졌다. 그러면서 지난날의 내 삶에 대해서도 좀 더 솔직하게 인정하기 시작했다. 나는 지난날을 많이 힘들게 보냈다. 결코 편안한 삶에 안주할 수 있는 유형의 사람이 아니기 때문이다. 신념이 강해서, 솔직해서, 가슴이 뜨거워서 세상살이가 녹록치 않았다.

신념을 지키기 위해서라면 손해를 감수하는 일에 주저하지 않았고, 아닌 것은 아니라고 소리 내어 말했다. 아끼는 사람의 불행에는 밤낮을 가리지 않고 펑펑 울었고, 궁금한 것은 직접 알아보는데 몸을 던졌다. 가슴이 뜨거우니까 안타까운 일도 많았고, 어떻게 할 수 없는 상황 때문에 무력감도 느꼈다. 그러다보니 불필요한 오해도 많았고, 내가 없는 곳에서 수군거린 말을 전해 듣는 일도 많았다.

남의 눈치도 많이 보고 살았다. 무슨 결정을 내릴 때마다 남들이 어떻게 생각할까를 염두에 두었고 포기한 일도 많았다. 그것이 문제였다면 문제였다. 내 뜻대로 살지도 못했고, 조직에 완전히 동화되지도 못했다. 결국 나는 오랜 시간 마음속에 이런 저런 갈등을 안은 채 살고 있었다.

조직이나 다른 사람을 탓하고 싶은 것이 아니다. 내가 나 자신의 성향에 좀 더 솔직하지 못했고, 그렇게 살지 못했음을 인정하는 것이다. 그런 사실을 인정하고 나니 오히려 마음이 홀가분해지고, 앞으로 어떻게 살아야할지를 보다 선명하게 알게 되었다. 무엇이 부족했는지를 인정하니 그 아쉬운 점을 개선하면 진짜 괜찮은 삶이 될 수 있을 것 같다.

무슨 일이든 갈등상황은 힘들다. 나와 타인의 관계도 마찬가지지만, 내 안의 목소리와 실제 삶이 갈등할 때는 더 어렵다. 다행인 것은 힘겨웠지만 포기하지 않았고, 끊임없이 의문했고, 열심히 배웠다는 사실이다. 주어진 상황에 타협하면서 나 자신을 잃고 살 수도 있었지만 그렇게 하지 않아서 다행이다. 포기하지 않고 나를 잃지 않은 채 이렇게 살아남았다.

명료하지 않더라도 해결되어야 할 문제가 있음을 무시하지 않고 자신이 놓인 상황에 안주하지 않으면 자유로워진다.

생각보다 많은 사람들이 자기 안의 갈등을 해결하지 않은 채 힘겹게 살아간다. 인생의 가장 힘든 문제는 꽁꽁 숨겨두고 다른 일에 정신을 쏟으며 들여다보려 하지 않는다. 막상 그 문제를 맞닥뜨리면 불안하고 두렵기 때문이다. 심지어 자신은 '불행하지 않다'고 우긴다. '삶이 다 거기서 거기지 뭐 특별한 것이 있느냐'며 자기 안의 문제를 다루기조차 꺼려한다.

그만큼 사람들은 스스로가 힘들거나 불행하다는 사실을 인정하기 싫어한다. 자존심도 상하고 지금까지 살아온 삶이 송두리째 흔들릴까 두렵기 때문이다. 그래서 처해있는 상황이 충분히 개선의 여지가 있음에도 불구하고 그냥 주저앉는다. 어떻게든 괜찮다고, 앞으로 괜찮아질 거라고 스스로를 다독이며 그렇게 견디며 산다.

그렇게 몸은 살아있지만 죽은 마음으로 사는 사람들이 의외로 많다. 가슴 아픈 일이다. 한 번 뿐인 인생인데 정말 그렇게 살아도 되는 걸까? 그것이 최선일까? 다른 길은 없을까?

우리 자신에게 좀 더 솔직해질 필요가 있다. 막연히 '괜찮다'고 '행복하다'고 우기거나 '아무 문제없는 척하기'를 멈추어야 한다. 스스로를 좀 더 냉철하게 들여다보고 인정할 건 인정하고 개선할 여지가 있는 것은 변화를 시도해 볼 가치가 있다. 지금 이 순간에도 껍데기를 벗고 비상하는 사람들처럼 말이다. 그들은 더 이상 오리 무리에 섞여 미움 받는 오리에 머물지 않고 힘차게 날아오르는 백조들이다. 백조는 백조무리와 함께 있을 때 행복하다. 그러니 어울리지 않는 곳에 오래 머무를 필요가 없다. 한 번 길을 잃었다고 좌절하지 않아도 된다. 잃은 그 길에서 다시 방향을 잡으면 된다. 다만 떠나야 할 때를 잘 알아야한다. 떠나야 할 대상이 장소일 수도, 직장일 수도, 사람일 수도 있다. 다른 나라로 날아갈 수도 있고, 다른 직장을 구할 수도 있다. 더 이상 사랑하지 않는 연인이나 배우자에게 연연하지 않아도 된다. 살다보면 헤어질 수도 있지 않은가. 그러니 두려워하지 마라.

누군가 또는 어딘가를 떠나지 않고 자기 삶의 태도를 바꿀 수도 있다. 여기에는 한 가지 전제조건이 있다. 살던 대로, 하던 대로 하지 말라는 것이다. 변화는 언제나 가능하다. 나이도 상관없다. 지금 살고 있는 상태에 문제가 있다면, 회피하거나 부인하지 말고 명확히 들여다보라. 들여다보고 더 나은 삶을 위한 변화를 시도하라. 세상은 넓고 나는 작다. 경험해보지 않고 머리로만 계산해 보는 일은 의미 없다. 가능하지도 않다. 지금 마주하고 있는 문제를 솔직하게 인정하고 그 문제를 해결해 나가는 것을 선결과제로 삼을 필요가 있다.

혹시, 당신은 지금 정말 중요한 문제는 감춰놓고 다른 데서 해법을 찾으려 하지 않는가?

두려워 말고 직면하라, 당신의 진짜 문제에.
시도하라, 다른 가능성을 찾아서.
뛰어들라, 가슴 뛰는 삶으로.

한번 뿐인 인생 제대로 살아봐야 하지 않겠나.

2.
'자기 자신으로 살기'를
선택하는데 너무 늦은 때는 없다

언젠가부터 삶을 살아가는 제1명제는 '나로 살기'가 되었다. 어떻게 살아야할 지를 아무리 궁리하고 탐색을 해봐도 그 길 밖에 없다는 생각이 든다. 그 문제를 해결하지 않고는 아무리 열심히 살아도 가슴 한 구석이 텅 빈 것 같은 느낌을 떨쳐버릴 수 없었다.

어느 날 문득 '나 제대로 살고 있는 거 맞아?'라는 회의가 들 때, '아닌 것 같은데'라는 생각이 들면 어떻게 해야 하나? 혹시 그럴까봐 차라리 문제를 회피하고 외면하고 있지는 않은가? 오히려 깊이 생각하지 않고 서둘러 질문의 꼬리를 자르고 있지 않은

가? '그럼, 잘 살고 있지. 인생 뭐 별거 있어. 남들도 다 그렇게 사는데, 나라고 별 수 있나?'

인생의 중요한 문제는 직시하기가 쉽지 않다. 두렵기 때문이다. 그렇게 중심에서 비켜두고 회피하며 지내는 세월이 10년이 되고 20년이 된다. 그러면서 서서히 아예 의문이나 질문을 하지 않는 쪽으로 나이를 먹어간다. 동시에 생동감도 잃어간다.

하지만, 결코 모른 체 한다고 그냥 넘어갈 수 있는 문제가 아니다. 잊을만 하면 찾아온다. 그럴 때마다 외면한다. 마주할 용기가 나지 않으니까. 이 사회 또한 그런 질문을 하면서 소신있게 살아가기가 쉽지 않다. 되려 선입견, 편견, 고정관념들을 당연시 하며 그 패턴 내에서 예측 가능한 삶을 산다. 그저 그런 삶으로 치부하면서. 오히려 질문을 품어볼 기회도 없이 아예 어릴 때부터 프로그램화 되어 버린다. 각종 부품을 찍어내는 공장의 라인처럼 똑같은 가치와 기준을 가진 인간으로 성장하는 것이다.

프로그램에서 벗어나면 불안하다. 낙오자 같고 실패자 느낌을 받는다. 생각해 보라. 많은 사람들이 열심히 산다. 남들이 하는 대로 고등 교육을 받고 취직해서 조직이나 기관의 부속품처럼 살아간다. 때가 되면 결혼도 해야 한다. 특별한 이유 없이 결혼을 하지 않아도 세간의 관심사다. 아이를 낳고 학교 보내고 취직과 결혼을 시키고 또 새로운 가족이 생기며 기존의 관습과 문화가 그대로 상속된다. 악순환이다.

그럼에도 불구하고 우리는 종종 박스를 뛰어 넘는 사람들을 본다. 그들은 스스로 예측 가능한 삶의 방식을 뛰어 넘어 가슴 뛰는 삶을 살아가면서 선한 영향력을 끼친다. 책을 쓰고 강연을 하고 SNS를 통해 정보를 제공하며 동기부여를 해준다. 언어의 제약만 아니라면 우리는 언제든 세계 곳곳의 사람들과 교류하며 자신의 꿈을 실현하며 살아갈 수 있다. 아무리 성공이나 부, 명예를 얻는다 해도 자신을 잃고서는 의미가 없다.

니체는 그 사람의 '걸음걸이를 보면 알 수 있다'고 했다. '자신의 목표에 다가가는 사람은 춤을 춘다'는 것이다. 뒷모습은 진실을 감추지 못한다. 아무리 겉으로 웃으며 행복하다고 우길지라도 뒷모습에서 티가 난다. 앞모습으로 어떻게든 숨길 수 있어도 뒷모습은 속일 수가 없다. 남을 속일지언정 자신을 속일 수는 없기 때문이다.

그렇다. 삶이 힘겨우면 걸음걸이와 뒷모습이 말을 한다. 속일 수가 없다. 속일 수 없는 것은 뒷모습만이 아니다. 밀쳐두고 외면하며 가슴 깊이 묻어둔 '그 휑한 어떤 느낌'은 속일 수 없다.

반면, 자신으로 사는 길은 늘 기쁨이 피어오른다. 우리 유전자 속에 깊이 내재한 본성이 행복해하기 때문이다. 떠올려보라. 어릴 때부터 지금까지 왠지 걸음걸이가 당당해지고 춤을 추고 싶었던 순간이, 가슴이 뛰면서 시간 가는 줄 모르게 몰입을 경험했던 순간이 언제였는지. 누가 뭐래도 자기가 하고 싶어서 하는 일은 사람을 환호하게 만든다. 웬만한 어려움은 가볍게 넘길 수 있다.

그렇게 우리는 우리 자신으로 피어날 때 가장 행복하다. 남의 눈치를 보면서 제도나 관습의 박스 안에 갇혀 있을 때는 생동감 넘치는 파이팅은 못한다. 물론 그게 편한 사람들도 있다. 실제 그런 사람도 많다. 그런 경우는 그게 맞는 사람이다. 박스를 필요로 하고 그 속에서 편안하고 안정감이 느껴지는 사람. 그런 사람은 그렇게 사는 것이 자기 자신으로 사는 것이 맞다.

하지만 박스 안에서는 살 수 없는 사람들도 있다. 우물이 너무 비좁은 개구리들은 결국 우물 밖으로 나와야 한다. 하루를 살더라도 자기답게 사는 것이 수명의 길이보다 중요하기 때문이다. 무엇보다 중요한 것은 자신을 제대로 아는 것이다. 일단 자신의 개성을 충분히 알았으면 그 개성이 살아 숨 쉬도록 살아야 한다.

삶이 막막하거나 무엇을 어떻게 해야 할지 모르겠다면 자신을 돌아보는 일에서부터 출발하면 된다. 내가 없으면 세상도 없다.

삶에 활력을 잃고 의욕마저 상실한 상태라면 있는 힘을 다해 자기 자신을 찾는 일을 최우선 과제로 삼아야 한다. 하고 싶지 않은 일을 멈추고, 필요 없는 물건은 버리고, 반드시 하지 않아도 될 일은 하지 말고, 하고 싶은 일을 찾아나가는 것이다. 세상에 공짜는 없다. 스스로를 돕지 못하는 자는 하늘도 도울 수 없다.

자기 자신으로 살아가기를 선택하는데 결코 늦은 때는 없다. 빠를수록 좋겠지만 아무 때든 괜찮다. '자신의 특성과 꿈을 알아서 자기 자신으로 사는 일'은 죽기 전에 챙겨야할 가장 의미 있는 일일 수도 있다. 평생 삽질만 하다 갈 수도 있기 때문이다. 앞뒤 돌아보지 않고 열심히 살았는데, 어느 날 문득 죽음의 문턱에 와서야 그 길이 아니었음을 깨닫는다면 참으로 허망할 일 아닌가.

인생이 어떻게 원하는 것만 하며 살 수 있냐고 문제 제기를 할 수 있다. 물론 그렇다. 삶이 우리가 원하는 것만 하면서 살도록 무조건 허하지는 않는다. 선택의 문제다. 상황이 어떻든 '자기 자신으로 사는 일'을 중요한 가치로 두고 끊임없이 그 방향을 선택해 나가면 된다. 상황이 어렵다고 눈치 보면서 다른 사람 의견만을 따라 살면 그렇게 삶의 방식이 고착화되어 버린다. 날개는 있으나 사용하지 않으면 퇴화되는 것과 같은 이치다.

누구든 자기 자신으로 살고 싶다. 자기 안의 본성이 그렇게 생졌기 때문이다. 그래서 티가 난다. 어떻게든 자기 자신으로 살고 있으면 걸음걸이가 남다르고, 눈치 보며 숨죽이고 살면 뒷모습에서 표가 난다. 숨길 수 없다.

지금 당신의 뒷모습은 어떤가? 춤을 추고 있는가? 아니면 위축되고 맥 빠진 어깨가 삶을 짓누르고 있는가?

"적은 밖에 있지 않다. 내 안에 있다. 내게 거추장스러운 것들을 전부 없애버렸다. 그리고 나는 칭기스칸이 되었다."

- 칭기스칸

3.
불행하지 않지만 행복하지도 않은 그대에게

삶의 기쁨이 없는 사람들을 많이 봐왔다. 주위에 사람은 많지만 정작 하고 싶은 말은 못한다. 다투지는 않지만 설렘을 주지 못하는 연인, 통화는 하지만 전화를 끊고 나면 뭔가 아쉽고 허전한 가족, 차를 마시고 밥도 먹지만 주고받는 대화에 공통점이라고는 없는 친구. 차라리 반려동물에게서 위로를 받고 기쁨을 얻는 사람이 의외로 많다.

가끔 내게 무슨 재미로 사냐고 물어오는 사람들이 있다. 무슨 재미? 그러고 보니 나는 정작 나이를 먹고서야 제대로 된 행복을 맛보며 살고 있다. 행복한 일들이 많지만 뭐니 뭐니 해도 사람이 주는 기쁨은 뭔가 다르다. 사람들에게서 위안을 받고 용기도 얻고 자극도 받는다. 어떤 날은 새벽부터 날아온 휴대폰 메시지에 춤을 추고 싶을 때도 있다. 마음이 통하는 사람과의 교류가 참 소중하구나 싶은 순간이다.

어릴 때는 사람들과 관계 맺는 법을 잘 몰랐다. 내 마음을 표현하는 방법도, 문제가 생겼을 때 해결하는 법도 잘 몰랐다. 하지만 세월이 흐르면서 사람과의 소통을 어떻게 해야 할지 조금은 알게 됐다.

때로 인정하기 어려운 감정도 있고 표현하기 어려운 상황도 있지만, 진정성 있게 정면 승부하는 것이 방법이라면 방법이다. 잘못한 건 잘못했다고 하고, 좋은 건 좋다고 하고, 보고 싶으면 보고 싶다고 표현하는 것이다. 내 마음을 속이지도, 꾸미지도, 생략하지도 않는 것. 허심탄회하게 있는 그대로의 마음을 솔직하고 진정성 있게 표현하면 마음은 통한다.

하지만 많은 사람들이 자기 마음도 잘 모를 뿐 아니라 상대방에게 표현하는 것도 서툴다. 사람과 소통하며 지내느니 차라리 동물이 낫겠다는 사람들이 많다. 말을 안 해서 더 사랑스럽고 오직 주인밖에 모르는 강아지의 눈빛은 정말 애틋하다고 말이다. 그래도 사람이 채워줄 수 있는 가슴의 온기를 반려동물이 채워주지 못하는 점은 분명히 있다.

오랜만에 지인과 통화를 길게 하였다. '한 알만 먹으면 이 세상과 이별을 고할 수 있는 캡슐이 있었으면 좋겠다'는 솔직한 고백이었다. 안락사가 허용되는 나라도 있는데, 더 이상 살고 싶지 않을 때는 스스로 인생을 마감할 수 있었으면 좋겠다며 요즘 친구들 사이에서 흔한 화젯거리라고 했다.

"캡슐 먹고 이 세상을 하직하기에는 너무 젊으니까 그런 생각은 접어 두고 본인이 진짜 하고 싶은 일을 찾아서 몰입해 보세요."

생각만 해도 가슴이 설레고, 하고 있으면 시간 가는 것조차 잊을 수 있는 그 무언가를 찾아보라고 이야기 하며 그가 가슴이 뛰는 삶을 선택해 보길 바랬다. 머릿속으로 계산하고 단정 지어서 포기하지 말고 가슴이 이끄는 삶을 살아보라고, 용기 내서 시작해 보라고 했다.

오늘은 어제 죽은 사람이 그렇게 살고 싶어 했던 바로 그 내일이 아닌가. 죽어가는 자에게 그토록 소중한 이 오늘을 단지 행복하지 않다는 이유로 죽고 싶다는 생각을 일으키기엔 너무 안타까운 일 아닌가.

캡슐을 구하고 싶은 그 마음으로 자기 내면의 욕구를 진정성 있게 들여다보면 어떨까? 숨김없이 나의 욕망과 욕구가 살아 숨

쉬도록 생명을 불어넣어 보면? 내일이 없는 사람처럼, 체면이란 없는 사람처럼. 다른 사람 신경 쓰지 말고 자기 자신만의 온전한 삶을 살아보면 어떨까? 자기감정에 솔직하고 자기 본능에 충실하게 온전한 자신으로 살아보는 건 어떨까?

사실 '죽고 싶다'는 그 말이 내게는 '나도 행복하게 살고 싶다'는 말로 들렸다. 행복하게 살고 싶은데 행복해지는 길을 몰라서 어쩔 줄 모르겠다는 우회적 표현 같았다. 내면의 그 절박한 마음에게 귀를 기울였다면 죽음을 생각하지 않았을지도 모른다. 죽고 싶은 생명은 없다. 살려는 욕구는 모든 생명의 본능이다. 사람도 예외일 수 없다.

그러니 너무 걱정하지 말고 살고 싶은 대로 살았으면 좋겠다. 불행하지 않지만 행복하지 않은 사람은 적어도 그렇게 할 수 있는 사람들이다. 하루하루를 살아가는 것 자체가 힘겨운 사람들이 얼마나 많은가. 앞도 뒤도 돌아볼 겨를 없이 돈을 벌어야 하고 가족을 먹여 살려야 하는 사람들은 또 얼마나 많은가.

불행하지 않지만 행복하지도 않은 사람들은 대부분은 당장 하루를 일하지 않으면 굶어죽을 정도는 아니다. 뭐든 도전해 볼 여유가 있는 사람들이다. 그러니 자신에게 솔직하게 자기가 진심으로 하고 싶은 일, 살고 싶은 삶을 찾아 도전하면 된다.

그렇게 도전하다 보면 언젠가는 자신이 원하는 삶이 더욱 분명해지고 가슴이 뛰는 삶을 발견할 수 있다. 중요한 것은 스스로 알아내는 것이고, 더 중요한 것은 실천하는 것이다. 머리로 생각하고 판단해서는 앞이 보일 리 없다. 손발과 삶이 같이 움직여야 한다.

사실 자신의 욕구를 아는 일은 그렇게 어렵지 않다. 하지만 인정하기가 쉽지 않다. 종종 사회적 시선, 그간의 익숙한 삶의 방식, 본인이 고수해오던 가치와 충돌하기 때문이다. 그래서 시도해 보기도 전에 쉽게 포기해 버린다.

하지만 생각해 보라. 고통스럽지 않더라도 행복하지 않은 것은 불행한 것이다. 말 그대로 불행이란 행복하지 않은 것이다. 그러니 너무 쉽게 포기하지 말라. 자기에게 맞는 행복을 적극적으로 찾아보라. 시도조차 못해보고 외면하기엔 너무 이르니까.

"영원히 살아남을 수 있는 것도 아니고 어차피 죽을 몸인데, 왜 그렇게까지 겁을 내고 위축되고 주저해야 하는가."

- 마루야마 겐지

4.
나는 누구인가,
어떻게 살 것인가?

어떻게 살 것인가?

어릴 때부터 궁금했던 숙제가 좀처럼 해결되지 않았다. 어떻게든 살고 있지만 그 길이 최선인지는 알 수 없었다. 늘 알 수 없는 인생이 매력적이기도 했지만 답답했다. 어떻게 해야 이 문제를 시원하게 해결하고 자신 있게 살 수 있을지 의문스러웠다. 하지만 시간이 지나면서 막혀있던 의문이 조금씩 해소되며 희미하게나마 '나는 누구인가'를 나 자신에게 설명할 수 있게 되었다. 어떻게 살아야 할지에 대한 길도 보이기 시작했다.

나는 누구인가? 이름으로, 직함으로, 촌수로 나를 규정하는 개념들이 있다. 하지만 그 모든 것들은 이름일 뿐 진정한 나 자신은 아니다. 정말 나를 알려면 나를 이루고 있는 몸과 마음을 중심으로 이해할 필요가 있다. 나는 내 몸으로 인해 다양하게 규정된다. 키, 나이, 눈동자와 머리, 얼굴 색깔에 따라 구분되기도 한다. 역할에 따라 다양한 이름이 붙여지기도 한다. 그런데 그것은 나의 일부를 표현할 수는 있어도 나 자신을 온전히 드러내지는 못한다. 진짜 나를 이해하기 위해서는 하나의 관문이 더 남아 있다.

바로 마음이다. 나는 몸과 마음으로 이루어진 존재다. 몸은 물질이어서 다른 사람과 쉽게 구분 짓고 한 눈에 알아볼 수도 있다. 문제는 마음이다. 내 마음이 어디에 있는지 알면 풀리지 않던 의문을 해결할 수 있다. 당신의 마음은 어디에 있는가? 찾아보라. 머리에 있는가? 그렇지 않다. 가슴에 있는가? 그렇지도 않다. 손에 있나? 발에 있나? 그것도 아니다. 그럼 도대체 어디에 있다는 것인가? 우리의 마음은 도대체 어디에 있는가?

지금까지 우리는 쉽게 '마음이 아프다' '마음이 허전하다' '마음이 상했다' 등의 표현을 해왔다. 하지만 정작 마음이 어디에 있는지 잘 알지 못한다. 보이지도 들리지도 만질 수도 없기 때문이다.

형태나 냄새, 소리가 있다면 눈이나 코, 입, 귀로 파악할 수 있다. 하지만 그 어느 것으로도 우리의 마음을 파악할 수는 없다. 이 마음을 제대로 알지 못하고서는 나를 제대로 안다고 할 수 없다. 나를 모르는 상황에서 어떻게 살아야 하는지는 더더욱 알 수 없는 노릇이다.

행복도 마찬가지다. 나를 알지 못하고서는 진정한 행복을 얻을 수 없다. 그래서 이 세상에는 실제로 행복하다고 느끼는 사람이 많지 않다. 자신을 기만하지 않고 스스로 행복한 사람들이 얼마나 될까? 겉보기에 행복해 보이는 사람조차도 실제로 속사정까지 행복한 사람은 또 얼마나 될까?

그래서 세상에는 행복을 대하는 태도도 각양각색이다. '원래 행복은 없는 것이다. 행복을 추구하는 데서 불행이 있다. 그러니 아예 행복이라는 것을 꿈꾸지 말고 그냥 살라'고 조언하는 사람들이 있다. '아프지 않으면 건강한 것과 마찬가지로 불행하지 않으면 행복한 것'이라고 설득한다. 또 어떤 사람들은 행복하다고 우긴다. 입으로 감사하다고 만족한다고 억지를 쓴다. 또 어떤 사람들은 노력해서 발견해야 하는 어떤 것이라 주장한다. 소풍가서 보물찾기 하듯 일상에서 감사할 일과 만족스러운 일을 애써 찾아내고 거기서 행복을 발견하라고 한다. 과연 그럴까?

여기에는 빠진 게 있다. 행복의 주체인 '나'에 대한 이해다. 행복은 지극히 선택적인 개념이다. '행복'이라는 단어는 너무 추상적이다. 이 추상적인 행복이라는 개념이 우리 삶으로 내려와서 행복감으로 느껴지기까지에는 주체가 있어야 한다. 바로 '나'라고 하는 행복의 주체에 대한 이해가 명확해야 한다. 나의 핵심은 내 몸과 마음이다. 마음에 대한 이해 없이는 진짜 행복에 이르는 길이 만만치 않다.

정말 우리의 마음은 어디에 있는가? 머리에 있는 것도 아니고 가슴에 있는 것도 아니다. 뇌에 있는 것도 아니고 심장에 있는 것도 아니다. 손에 있는 것도 아니고 발에 있는 것도 아니다. 그렇다고 몸 전체에 흩어져 있는 것도 아니다. 내 몸 안에만 있는 것도 아니고 내 몸 바깥에만 있는 것도 아니다. 대체 어디에 있단 말인가?

어느 날 깨달았다. 내 몸은 '나 혼자만의 것'일 수 있어도, 나의 마음은 '모든 것들과 이어져 있다'는 사실이다. 마음이 형체가 없기 때문에 어떤 특정한 곳에 갇힐 수 없다. 나에게 있으면서 동시에 모든 곳에 있는 것이다. 고로 '나는 나'이면서 동시에 '전체'일 수 있다. 도자기 가게에 놓인 도자기들이 각기 다른 모양으로 놓여 있지만 공통된 원료는 흙이다. 예컨대 도자기 꽃병과 도자기

숟가락은 서로 다른 물건이다. 기능도 다르다. 꽃병에는 꽃을 꽂고, 숟가락으로는 음식을 뜬다. 하지만 그 두 물건 모두 흙이라는 동일한 성분으로 빚어졌다. 꽃병은 꽃병이면서 흙이고, 숟가락도 숟가락이면서 동시에 흙인 것이다.

마찬가지로 우리도 다른 몸, 다른 얼굴을 가진 분리된 개인이지만 마음이라는 공통분모를 함께 나누어 갖고 있다. 사람만 그런 것이 아니다. 이 세상에 존재하는 모든 것은 모두 이 마음을 공유하고 있다. 아픈 사람을 보면 나도 아픈 것 같고, 배고픈 사람을 보면 그 배고픔이 나에게도 전해온다. 그것은 우리가 같은 재료로 형성된 마음을 공유하고 있기 때문이다.

정도의 차이는 있다. 마음이 고요하거나 비고 열려있을수록 공감의 느낌은 훨씬 강하다. 그래서 명상을 오래한 사람들은 다른 존재들의 마음에 깊이 공감하고 자비롭다. 반대로 마음에 욕심이 가득하거나 깨어있지 못하면 그 마음을 잘 느끼지 못한다. 그래서 인색하거나 무자비할 수 있다.

마음은 세상에 존재하는 모든 것들과 연결되어 있다. 심지어 생명이 없는 것들, 보이지 않는 것들과도 연결되어 있다. 그리고 이 마음에는 과거나 현재, 미래와 같은 시간 구분도 없다. 가두거나 제한할 수 있는 것이 아니어서 하나로 동시에 존재하며, 전체

이자 하나이다.

생각해 보라. 문득 아주 오래전 일을 떠올리더라도 우리는 순식간에 그때의 감각과 감정을 오롯이 기억해낸다. 마음에 과거와 현재, 미래의 경계가 분명하다면 과거의 기억을 소환해내는데 시차가 있어야 할 것 아닌가? 하지만 생각만 하면 시간과 공간에 상관없이 바로 떠오른다. 마음에 시간과 공간의 구분이 없기 때문이다. 동시성이다.

이런 측면에서 우리의 몸과 마음을 이해하면 행복을 정의하기가 훨씬 쉬워진다. 꽃병으로서의 행복과 흙의 행복을 동시에 추구할 때 최고의 행복에 가까이 갈 수 있다는 말이다. 꽃병만의 행복으로는 뭔가가 미진하다. 그래서 사람들은 자기 몸의 행복인 물질적 소유, 편안함, 부와 명예를 가졌을 때의 행복보다 다른 이를 행복하게 했을 때 또한 더 큰 행복감을 느낀다.

이제 우리의 행복이 조금씩 그 정체를 드러낸다. 우리 몸, 그러니까 개성을 가진 존재로서의 행복과 동시에 우리의 마음, 이 세상 모두가 공유하고 있는 그 마음이 행복할 때 우리는 더 큰 행복을 느낀다. 세상 모두가 공유하고 있는 그 마음이 행복하기 위해서는 의미 있고 보람된, 다른 이에게 선한 영향력을 끼치고 함께 행복한 데서 충만한 행복감을 느끼는 것이다.

그렇게 나에 대한 인식, 행복에 대한 이해가 깊어질수록 '나는 어떻게 살 것인가'하는 문제는 점점 명료해진다. 몸의 측면에서 개성을 가진 존재가 그 특성에 맞게 활짝 피어날 때 행복해진다. 거기에 덧붙여 마음의 측면에서 이 마음을 공유하고 있는 다른 이들과 함께 행복할 때 우리는 보다 충만한 행복을 느낀다.

결국 나의 행복과 세상의 행복을 동시에 고려하는 삶의 태도를 유지할 때 비로소 지속 가능하고 떳떳하며 안전한 행복을 누릴 수 있다.

세상 사람 누구나가 행복을 추구하지만, 나만 행복할 수 있는 행복은 없다. 우리는 자연 일부고 하나의 존재로 이어져 있음을 알아야 비로소 사람이 보이고 나무가 보이고, 풀과 동물이 보인다. 그들과 함께 행복할 때 우리의 몸과 마음이 진정한 행복에 이를 수 있다.

행복한 삶을 원한다면 먼저 '나'를 찾아야 한다. 내면의 목소리에 집중하라. 그리하여 빛나는 개성을 꽃처럼 활짝 피어나게 하라. 들판에 핀 꽃 한 송이도 세상 만물이 연결되어 있음을 우리는 안다. 그렇게 세상 모두와 함께 행복하게 피어나는 삶, 거기에 지속가능한 행복이 있다. 쉽게 이르지 못한다고 실망하지 마라. 방향을 찾아가는 것만으로도 대단한 일이다. 방향만 잃지 않으면 언젠가는 우리가 꿈꾸는 세상에 닿을 수 있다.

"마음을 들여다보는 진정한 창문은 눈이 아니라 질문이다."

- 볼테르

5.

내가 외로우면
당신에게 기대면 되고

23번 국도를 달리다 차를 세웠다. 커다란 봉투를 하나씩 든 사람들이 밭고랑을 따라 봄나물을 캐고 있었다. 어린 시절 달래랑 냉이를 캐던 생각이 났다. 반가운 마음에 가까이 가 보았다. 한 아주머니께서 봉투를 열어 나물 캔 것을 보여주며 뿌리의 독특한 향이 입맛을 돌게 한다고 했다. 씀바귀였다. 하나 같이 땅 위로 올라온 잎에 비해 뿌리가 크고 튼실했다. 겨울 언 땅을 견뎌내느라 잔뿌리를 더한 까닭이다.

그렇다, 뿌리. 이 뿌리가 있어 4월의 찬란한 봄이 가능하다. 그냥 보면 땅 위의 식물들이 겨울에 죽었다가 봄에 새롭게 생겨나는 것 같다. 하지만 실제는 겨우내 땅 속에서 죽지 않고 살아 있던 '뿌리'에서 올라온 새싹들이다. 살아있는 뿌리라야 봄에 싹 틔우고 꽃을 피울 수 있다.

뿌리는 또 무슨 힘으로 그런 생명의 힘을 발휘하는 걸까? 뿌리는 언제나 땅으로 뻗어있다. 아무리 튼튼한 뿌리라도 땅을 떠나면 살 수 없다. 살아 있는 뿌리가 땅을 통해 생명의 에너지를 얻기 때문이다.

사람도 뿌리가 있는 걸까? 뿌리가 있다면 우리는 어디에서 생명의 에너지를 얻는 걸까? 우리 뿌리는 어떤가? 살아 있나? 살아 있다면 어디를 향해 있나? 우리의 뿌리를 어디로 뻗어야 생명의 에너지와 맞닿을 수 있을까?

섬들은 서로 떨어져 있다. '저 멀리 동해바다 외로운 섬' 노랫말처럼 섬은 수면 위에 하나씩 뚝뚝 떨어져 있어 외로워 보인다. 하지만 섬은 결코 외롭지 않다. 바다 저 깊은 곳에서 하나로 만나기 때문이다. 섬은 거기에서 생명의 에너지를 얻는다. 그 힘으로 거센 파도에 휩쓸려가지 않고 굳건히 그 자리에 서 있을 수 있다. 덕분에 수많은 새들과 꽃과 나무가 섬에 의지하고 깃들어 살 수 있다.

나무도 꽃도, 섬도 그 뿌리까지 보지 못하고 변화되는 겉모습만 보면 괴롭다. 외롭고 슬프고 아프다. 꽃이 피는 것도 잠시, 시들고 마르고 얼어붙는 사계절이 온통 괴로움의 연속이다. 하지만 뿌리를 보면 다르다. 지상의 나무에는 사계절이 있어도 땅 속 뿌리에는 사계절이 없다. 그렇게 뿌리와 잎을 동시에 보면 언제나 살아 있는 나무의 신비를 볼 수 있다. 더 이상 나고 죽는 괴로움이 아닌 것이다.

우리도 우리 삶에 오고 가는 현상만 보면 외롭고 괴로울 수 있다. 세상의 모든 것들이 늘 변한다. 파도가 치고 바람이 불어오고 사랑이 왔다 가고 돈도, 좋아 하는 일도, 건강도 왔다 갔다 한다. 그렇게 늘 변화하는 현상만 보며 가지 끝으로만 올라가다 보면 작은 바람에도 흔들리기 마련이다. 나를 열고 나의 집착을 내려놓고 '아래로, 뿌리로' 내려가면 달라진다.

뿌리에서 만나면 그때부터 자유다. 하나의 큰 몸 안에서 거대한 생명의 에너지와 함께 호흡하며 소통할 수 있다. 그 자리에서는 당신의 기쁨이 내 기쁨이 되고, 당신의 성공은 나의 가능성이 된다. 내가 외로우면 당신에게 기대면 되고 당신이 힘들면 내가 도와줄 수 있다. 구분과 한계를 짓지 않으니 기쁨과 에너지가 넘나들 수 있기 때문이다.

그런데 우리는 가지를 보는 방식에 익숙하다. 나와 너의 선을 긋고, 내 것과 네 것을 나눈다. 그렇게 스스로 벽을 쌓고 담을 높이며 괴롭다 아우성이다. 내 방식, 내가 세워둔 원칙을 조금만 내려놓으면 어떨까?

나를 내려놓고, 내 방식을 고집하지 않으면 지금까지 보이지 않던 것들이 보이기 시작한다. 섬만 보다가 그 뿌리를 보면 흔들림이 없듯이 전체를 보면 다르다. 오면 가고, 가면 오는 것이 보이고, 나와 네가 둘이 아니라는 것도 보인다. 사람이든 물건이든 모든 것이 오고 갈 때는 반드시 꼭 그래야 할 이유가 있다는 것도 보인다. 그런 것들이 보이기 시작하면 갖고 싶은 것이 간다고 괴로워하지 않고, 피하고 싶은 일이 닥쳐도 크게 속상하지 않다.

가면 가는 대로, 오면 오는 대로 순응하며 수용하며 만족하며 살 수 있다. 그 안에 기쁨과 행복도 있다. 전모를 보지 못하고 내 안에 갇혀 살면 고통 받을 수밖에 없다. 작은 욕심 때문에 이미 가진 큰 행복을 놓칠 수 있다.

우리도 나박에 몰라서 위태하게 붙잡고 있던 가지를 놓고 뿌리로 내려가면 말날 수 있다. 보다 큰 나, 세상과 한 몸인 나, 오고 감이 둘 아닌 나를 만나서 평화와 행복을 길어 올릴 수 있다. 가지 끝에 매달린 외로움과 괴로움에서 벗어나 흔들림 없는 자유와 행복을 맛볼 수 있다. 스스로 찾아보자. 진짜 우리의 뿌리는 어디에 있는지.

6.

나의 행복은 비싼 집 좋은 차에 있지 않다

행복에 대한 생각은 제각각이다. 많은 사람들이 '행복'하면 안정된 직장, 높은 연봉, 좋은 집, 좋은 차를 우선적으로 생각한다. 그래서 좋은 대학을 가고 좋은 직장을 얻고 남부럽지 않은 연봉을 받아서 좋은 집을 사고 좋은 차를 사려고 한 방향으로 달린다. 너도 나도 성공가도를 향하여 경쟁하며 정신없이 산다.

매일 회사로 출근하지만 주머니에 사직서를 넣고 다니는 이유다. '이건 내 길이 아닌 것' 같은데 이게 아니면 '무엇을 할 수 있을지' '무엇을 해야 하는지' 몰라서다. 그래도 많은 사람들이 어렴풋이 알고 있다. 나의 행복이 이 길에 있지 않음을.

세상도 변하고 사람도 변했다. 경제적으로 자립해서 조기 은퇴를 희망하는 사람들이 늘고 있다. 파이어FIRE, Financial Independence Retire Early족. 젊었을 때 극단적인 절약과 적극적인 투자로 노후자금을 빨리 확보해서 늦어도 40대에는 퇴직해서 자기가 하고 싶은 일을 하면서 여생을 보내고자 하는 사람들이다. 실제로 몇몇 성공적인 사례들이 인터넷에 회자되곤 한다. 일각에서는 문제점도 제기한다. 하지만, 젊은 나이에 스스로 경제적 자립을 성취하고 나머지 인생을 자기 의지대로 행복에 다가간다는 것은 상당히 매력적이다.

어떻게 해야 행복하게 살 수 있을까? 다른 사람은 몰라도 적어도 나는 어떻게 살기를 원하는지, 어떻게 살아야 행복할지를 구체적으로 고민해보지 않을 수 없다.

나에게 맞는 행복을 생각하다보니 소크라테스와 공자, 그리고 헨리 데이비드 소로우가 떠오른다.

저자거리를 떠돌며 수많은 질문으로 사람들을 깨우치며 진정한 앎으로 인도하고자 했던 소크라테스는 '너 자신을 알라'는 명문을 남겼다. 모든 행복과 선택의 기준이 '나'이다. 나를 알지 못하고서는 진정한 행복도 없다는 메시지로 다가온다. 나를 알고 나에게 맞는 행복을 찾아야 하는 것이다.

공자의 군자삼락 또한 나이가 들수록 '그렇지, 바로 이거야' 무릎을 치며 격하게 공감하게 된다. 언젠가부터 공자가 왜 이 3가지를 특정하여 인생의 행복을 표현했는지 알 것 같았다. 시대는 달라도 사람이라면 행복 요소가 크게 다르지 않은 것이다.

"배우고 익히면 즐겁지 아니한가? 벗이 멀리서 찾아오면 이 또한 기쁘지 아니한가? 다른 사람들이 몰라주더라도 성내지 않으면 이 또한 군자 아닌가?"

때때로 배우고 익히는데서 오는 앎의 행복, 가끔 좋은 벗을 만나 이심전심하는 마음의 행복, 남이 알아주든 말든 자신의 길을 가면서 자기만의 의미를 추구하는 행복. 이 얼마나 절묘한 통찰인가.

매사추세츠 콩코드의 헨리 데이비드 소로우는 자기의존self-reliance 개념을 중시했다. 생각이든 삶이든 다른 사람에게 의존하지 않고 스스로 선택하고 책임지는 삶을 강조했고, 실험했고, 그렇게 살았다. 지금도 매년 10만 명 이상이 월든 호숫가에 있는 그의 오두막을 다녀간다고 한다. 무슨 의미인가. 자신은 비록 그렇게 살지 못해도 그처럼 살고 싶어 하는 사람이 그만큼 많다는 말 아닌가.

그렇게 철저하게 자립과 자기의존을 강조했던 소로우도 그의 오두막에는 3개의 의자를 뒀다. 하나는 자신을 더욱 냉철하게 들여다 볼 수 있는 고독을 위해, 둘은 우정을 위해, 셋은 사교를 위해서다. 혼자 살던 소로우도 때로는 말벗이 필요했던 것이다. 사람이 사람으로부터 행복감을 얻는 건 마찬가지다.

나의 행복도 비싼 집, 좋은 차에 있지 않다. 남이 알아주든 몰라주든 나의 성장에 있고, 친구에 있고, 의미 있는 삶에 있다. 무엇보다 나를 제대로 아는 일이 중요하다. 내가 누군지를 알아야 무엇을 할 때 내가 행복하고, 어떻게 살지를 알 수 있기 때문이다.

내가 누군지를 알아가는 과정에서 점차 안도감을 얻게 되었다. 다른 사람과 차별화된 나만의 능력치와 한계, 꿈과 바람을 이해하게 되었고 어떻게 살아야 할지를 보다 선명하게 알게 되었기 때문이다.

지금까지 터득한 바로는 '나'라는 존재는 '나이면서 동시에 나 이상의 그 무엇'이다. 그 사실을 알게 되면서 두려움은 점점 줄어들고 자신감이 늘어났다. 비록 갈 길은 멀지라도 흔들림 없는 용기가 생겼다.

좋은 친구도 중요한 행복의 원천이다. 좋은 친구는 시시 때때로 기쁨을 준다. 아무리 사소한 이야기라도 그그녀와 함께라면 언제든 즐겁고 행복하다. 평생을 함께 할 좋은 친구 한 두 명만 있어도 좋은 차, 좋은 집이 부럽지 않다.

의미 있는 삶 또한 나를 설레게 하고 행복하게 한다. 의미 있으면 행복하다. 자연을 위하는 일, 생명을 위하는 일, 다른 이들을 위한 일은 묘한 행복감을 준다. 스스로 성장하는 일 또한 그러하다. 배우고 깨치고 성장하는 기쁨은 친구 없이도 가능한 일이다. 혼자서도 행복을 불러올 수 있는 좋은 방법이다.

지금 이 순간에도 세상의 많은 사람들이 자신에게 맞는 행복의 길을 찾지 못해 방황한다. 쉽지 않으니까 직면하지 못하고 그냥 회피한다. 자신을 들여다보지 않고 다른 사람이 추구하는 막연한 행복을 좇아다닌다. 그러다보니 마음엔 허기만 가득하다. 비싼 집으로 이사를 해도, 좋은 차를 타도, 높은 자리에 올라 봐도 행복은 잠시다. 다시 또 다른 물질적 소유나 명예로 행복을 채우려 한다. 그 또한 끝없는 길이다.

자기만의 행복을 찾아야 한다. 당신의 행복은 어디에 있는가? 어떨 때 안심이 되고 가슴이 설레고 걱정이 사라지는가? 더 이상 바랄 것이 없고 이대로 살면 될 것 같은 당신만의 길은 어디에 있는가?

7.

나를 놓고
인생의 강을 흘러간다면

축구를 잘 몰랐는데 몇 번 보니까 축구의 재미를 알게됐다. 어디로 튈지 모르는 축구공을 놓고 선수들이 그림처럼 움직이는 팀플레이가 너무 멋지다. 아슬아슬하게 공을 몰아갈 때의 긴장감, 시원하게 슛을 날릴 때의 통쾌함, 잘 만든 기회를 놓칠 때의 아쉬움. 발끝에서 발끝으로 전해지는 축구공의 움직임 따라 선수도 관중도 온통 하나가 된다. 그 순간만큼은 '나'가 없다.

자세히 보면 선수들은 팀의 승리를 위해 철저히 자신을 내려놓는다. 나를 내려놓는 그 자리에서 최고의 경기가 펼쳐질 수 있기 때문이다. 축구가 매력적인 이유가 여기에 있다. 선수가 나를 내려놓지 않고 자기만 드러나려 한다면 경기는 실패하고 만다. 나를 놓고 전체적인 흐름에 몸을 맡겨 하나의 팀으로 움직여야 한다. 그렇게 아름다운 게임으로 승화될 때 관중들도 나를 잊고 축구에 몰입하게 된다. 몰입이 주는 매력에 빠져드는 것이다.

경기를 보다가 어느 순간 뜻대로 되지 않는 공과 수비수를 상대로 씨름하는 그라운드 위의 선수들에게서 우리의 모습이 보였다. 삶이라는 터전에서 마음대로 되지 않는 각종 문제들과 고전하는 우리의 모습이 비춰졌다. 공은 아무 방향으로 날아다니고 수비수는 끈질기게 우리 앞을 가로막는다.

훌륭한 선수는 공이나 수비수를 탓하지 않는다. 오직 온 마음을 다해 그 움직임에 직면하여 최선을 다할 뿐이다. "큰 경기일수록 정확한 판단과 평정심을 잃지 않는 것이 중요하죠." 한 선수의 이 짧은 인터뷰는 성공적인 경기를 위해 진정으로 필요한 것이 무엇인지 가늠하게 한다. 결국 마음의 힘이다. 실력 있는 선수들은 어떠한 상황에서도 기회를 만들고 끝까지 집중력을 발휘한다. 생생하게 깨어서 정확하게 보고 빠르게 판단해서 공을 찬다.

마찬가지로 지지고 볶는 일상에서 우리에게 필요한 것도 마음의 힘이다. 마음의 힘은 여기저기서 날아오는 각종 문제를 해결하고 이미 있는 행복을 느끼도록 돕는다. 이 마음의 힘은 순간순간 온전히 존재할 수 있는 힘에서 비롯된다. 세상에 변하지 않고 굳건한 것은 없고 모든 것이 변하기 때문이다.

우리의 마음을 흔들고 희로애락에 끌리게 하는 것은 생각이다. 잘 살아보려는 그 한 생각이 아이러니하게도 우리의 삶을 짓누르고 우리의 의도와는 전혀 반대되는 고통을 불러오곤 한다. 이런 생각은 이 순간에 존재하는 것이 아니다. 과거와 미래를 수도 없이 넘나들며 천만 가지 후회와 걱정을 불러온다. 오로지 이 순간에 존재하는 것은 우리의 마음과 몸과 호흡뿐이다.

재미있는 것은 각자의 호흡은 우리가 인식하든 그러지 못하든 간에 우리 마음 상태를 반영한다는 사실이다. 호흡이 목과 가슴 주변에서 헐떡이는 경우가 있다. 짧고 가쁜 호흡이 있는가 하면 불규칙적이고 거친 호흡이 있다. 이런 호흡은 마음이 바쁜 경우다. 이런 호흡을 하는 사람은 마음이 바빠서 소중한 것을 놓치고 허겁지겁 살아가기가 쉽다.

반면 고요하고 안정된 호흡이 있다. 호흡은 호흡하는 주인의 안정되고 평화로운 삶을 반영한다. 그래서 자신의 호흡에 관심을 가지고 호흡을 길들이는 것은 삶의 안정과 평화를 불러오는 데 큰 도움이 된다.

호흡을 챙기는 요령은 이렇다.

우선 자세를 바르게 하고 온몸의 긴장을 내려놓는다. 마음의 스트레스와 심리적 긴장은 몸에 흔적을 남기기 때문에 알게 모르게 발생한 얼굴과 어깨, 목 등의 근육을 굳게 만든다. 심한 경우 통증을 유발한다. 호흡할 때는 우선 몸과 마음의 굳어진 부분을 살펴서 긴장을 내려놓는다. 꽉 다문 입술, 찡그린 미간, 굳어 있는 얼굴과 어깨, 목 등의 긴장을 내려놓고 마음을 편안하게 쉰다.

마음에 집착이 많을수록, 고집이 셀수록 긴장의 강도는 심해진다. 호흡을 챙기는 이 순간만큼은 '꼭 그래야 한다'는 생각을 내려놓고 '쉬고 쉬는 일'에 자신을 맡겨보라. 어떤 사람은 호흡을 하면서도 호흡에 집착해서 어깨나 배에 힘을 주는 경우가 생긴다. 힘을 빼는 일이 중요하다. 입은 다물고 코로 숨을 쉬면서 아랫배 단전배꼽 아래로 손가락 세 마디 정도 내려간 지점의 움직임을 느끼며 이 순간에 온전히 머문다.

잡념이 일어날 수도 있고 다른 일을 하고 싶은 마음이 일어날 수도 있다. 그 마음마저도 내려놓고 쉬는 가운데 나의 욕심과 기대, 집착이 잦아들기 시작한다.

이렇게 호흡에 의지해서 완전히 나를 내려놓고 순간순간에 온전히 존재하는 일에 익숙해지면, 어떠한 문제가 생겼을 때 그 힘을 발휘할 수 있게 된다. 아무리 밖의 상황이 요란해도 흔들리지 않는 마음으로 직면할 수 있기 때문이다. 어떤 상황에서도 생생하게 깨어서 정확하게 보고, 빠르게 판단하고 바르게 실행할 수 있게 된다. 그런 마음의 힘이라면 어떤 일도 문제가 되지 않는다.

시즌이 끝나고 경기가 끝나도 게임은 계속된다. 우리의 삶도 계속된다. 필드 위에서든 삶의 기로에서든 나를 놓고 인생의 강으로 흘러간다면 한판 승부도 멋지고 아름답게 계속될 것이다. 우리의 삶도 온전하고 행복하게 흘러갈 것이다. 승자와 패자가 있는 것이 아니라 온전함과 몰입이 주는 기쁨으로 경기도 삶도 행복하게 흐를 수 있는 것이다. 삶이라는 필드를 달리고 있는 우리 모두는 선수다.

8.
오래고 귀한 벗,
명상

살아갈수록 인간관계가 정말 쉽지 않음을 느낀다. 각자 생각이 다르고 살아가는 방식과 소중하게 생각하는 가치가 다르다 보니 맘에 꼭 맞는 친구를 갖기가 쉽지 않다. 어쩌면 사람에게 그런 걸 기대한다는 자체가 무리인지도 모른다. 그러니 적당한 선에서 포기하고 안분하며 인간관계를 할 수 밖에 없다. 정말 마음 맞는 친구를 둔 사람은 행운아다.

나는 명상을 좋은 벗으로 삼아왔다. 오래전부터 사귀어 왔고 조용하지만 온전히 신뢰할 수 있는 정말 좋은 친구다. 외롭거나 속상할 때, 화나거나 억울할 때 이 친구를 찾으면 언제나 말없이 곁을 지켜준다. 스스로 찾아오는 법은 없지만 부르면 언제든 달려온다. 이 친구와 함께하고 있으면 늘 편안하고 든든하다. 휴식이 되고 충전이 된다. 기쁨도 생겨나고 지혜도 생겨난다. 이 얼마나 멋진 친구인가.

이 친구를 만나는 방법은 단순하다. 일단 자세를 편안히 하고, 아무 생각 없이 허공을 향해 시선을 던지고 가볍게 눈을 뜬다. 감아도 무방하다. 자연스러우면서도 깊고 고른 호흡과 함께 완전한 휴식을 취한다. 자세를 유지할 수 있는 힘만 남기고 온 몸의 긴장을 내려놓는다. 몸과 마음을 충분히 이완시키면서 자연스럽고 편안하게 숨을 쉰다. 복잡한 생각도, 긴장된 마음도 내려놓는다. 단지 지금 이 순간에 몸과 마음을 맡기고 무슨 일이 일어나는지 그저 알아차린다.

어느새 마음은 고요해진다. 무성하던 생각이 가라앉으면서 고요하고 또렷해진다. 때로는 영감이 떠오르고 삶의 다사다난한 문제에 대한 해결책이 떠오른다. 걱정과 근심이 사라지고, 외로움과 괴로움은 잊혀 진다. 마음 깊은 곳으로부터 기쁨이 차오르고 희망과 용기가 솟아난다.

문제는 이 친구를 사귀는 일이 쉽지 않다는 것이다. 아는 사람도 많지 않고, 알면서도 쉽게 잊어버리거나 필요성을 잘 모르기 때문이다. 처음에는 앉아서 만나는 게 좋다. 친해지면 시간과 장소에 상관이 없어진다. 어떤 자세로도 만날 수 있다. 하지만 처음에는 하던 일을 멈추고 조용한 곳에 앉아서 만나는 게 좋다. 정기적으로 만나면 더 좋다. 정해진 장소, 정해진 시간에 계속 만나는 것도 좋은 방법이다. 훨씬 쉽게 익숙해지고 친해질 수 있으니까.

일단 사귀기로 마음을 먹었으면 방석을 깔고 그 위에 앉는다. 방석이 없다면 의자에 앉아도 좋다. 심지어 소파에 기대어 앉아도 된다.

방석에 앉았으면 허리를 펴고 양 무릎이 편안하게 바닥에 닿도록 자세를 조절한다. 의자에 앉더라도 등과 허리를 펴주고 무릎을 조금 벌려서 자세가 자연스럽고 안정되도록 해준다. 등과 허리를 펴주는 것은 호흡을 원활하게 하기 위함이다. 등이 구부러져서 배가 접히면 호흡이 불편해진다. 숨이 자연스럽고 편안하게 들고 날 수 있도록 자세를 잡는 것이 중요하다. 등을 펴느라 너무 힘을 주는 것도 좋지 않다. 자세를 유지할 수 있는 힘만 남기고 온 몸의 긴장을 완전히 이완시킨다.

잠이 오면 눈을 살짝 치켜뜨고, 정신이 맑으면 시선을 아래로 둔다. 혀끝을 입천장에 살짝 대고, 윗니를 아랫니에 올려놓는다는 심경으로 살짝 입을 다문다. 너무 꽉 다물지 말고 윗입술을 아랫입술에 살짝 올려놓기만 하듯이 편안하게 다문다.

자세가 잡히면 배꼽에서 주먹 하나 크기의 아래에 위치한 단전에 마음을 둔다. 그저 마음만 둘뿐 아랫배에 힘을 과도하게 주거나 억지로 호흡 길이를 조절하지 않도록 한다. 자연스럽게 호흡을 하면서 의식을 살짝 단전에 두면 마음과 기운이 그 곳으로 모인다. 피곤하거나 컨디션이 좋지 않을 때에는 단전에 의식을 둔다는 생각마저도 놓아버리고 완전한 휴식을 취한다는 심경으로 앉아만 있어도 된다.

바른 자세로 집중한다는 생각마저 놓아버리고 자연스럽게 호흡하면서 지금 여기에 그저 존재한다. 모든 인위적인 조작이나 개입을 멈추고 있는 그대로를 온통 수용하는 것이다. 마음이 과거나 미래로 달아나지 않고 앉아서 실제로 지금 일어나고 있는 모든 변화를 온전한 마음으로 알아차리는 거다. 생각을 일으키거나 일어난 생각에 끌려 다니지 말고 고요하고 생생하게 알아차림의 상태에 머무는 것이다.

'어떻게 하라고? 이 친구 사귀기 정말 쉽지 않네.' 사실 그렇다. 쉽지 않다. 몸을 앉히는 일은 그래도 그렇게 어렵지 않다. 하지만 마음까지 지금 이 순간에 앉히는 일은 쉽지 않은 게 사실이다. 그래서 몸으로 앉아있는 명상을 명상의 전부라 생각하면 첫 단추부터 잘 못 끼운 셈이다. 명상에서 몸이 앉는 일은 시작일 뿐이다. 마음을 앉히고, 쉬고, 고요해지고, 명료해지고, 예리해지고, 꿰뚫어보는 통찰력이 개발되기까지 쉽지 않은 여정이 기다리고 있다.

그럼에도 불구하고 이 친구를 갖는 일은 의미 있고 가치 있는 일이다. 삶이 만만하지 않고 우리에게 늘 선택의 기로에서 고뇌하고 갈등하게 몰아붙이기 때문이다.

혼자서 수없는 갈등과 선택의 상황을 마주하며 인생의 강을 건너기는 너무 외롭고 지친다. 믿을 만한 친구하나 있으면 얼마나 든든하고 의지가 되겠는가. 언제든 부르면 달려오는 멋진 친구, 사귀기는 조금 힘들어도 마음을 내어 관심이라도 가져보면 어떨까.

9.

아무 생각없이 걷고 또 걸으면

얼굴에 미소가 번지고, 가슴이 시원해진다. 거리를 오고가는 사람들이 남 같지 않다. 그들의 기쁨이 내 기쁨이 되고, 그들의 힘겨움이 내 삶의 무게로 다가온다. 새들의 평범한 지저귐조차 맑고 경쾌하게 들린다.

집을 나설 때의 복잡하거나 무신경한 마음도 아니다. 어느새 가슴에는 고요와 평온이 차오른다. 세상도 어떻게든 온전하게 제자리를 찾으려 노력하고 있음이 보인다. 뭔지 모를 자유로움과 너그러움이 느껴지며 나 자신에게도 관대해지고 세상을 보는 시선도 순화된다.

이 모든 심경의 변화가 걷고 나면 일어났다. 조금 걷는 것이 아니라 최소 3시간 정도를 걷고 나면 여지없이 이런 변화를 느꼈다. 중요한 것은 혼자 걷는 것이다. 어떤 목적을 갖거나 생각을 하는 것도 아니다. 그냥 무심코 걷다 보면 이런 일이 일어났다. 아무 생각 없이 걷는 것이 중요하다. 마음을 쉬면서 온통 나를 내려놓고 걷다보면 새로운 나와 우리, 세상을 만나게 된다. 평소의 익숙한 방식을 내려놓을 때 깊은 내면에 자리한 또 다른 마음이 작동하기 때문이다.

흑석동에서 잠수대교를 거처 어디까지 걸었는지 모른다. 무심히 강물, 공원에 놀러 나온 가족, 흘러가는 구름을 보며 걷고 걸었다. 다리가 아프면 모자를 바닥에 깔고 앉아서 하늘을 바라보았다. 의자가 보이면 모자로 얼굴을 가리고 누워서 쉬기도 했다. 그렇게 걷고 걷다보면 내 마음의 복잡한 것들이 스스로 떨어져 나갔다. 나도 모르게 마음 깊이 쌓아둔 불필요한 감정의 찌꺼기들이 저절로 녹아내렸다. 그렇게 얽혀있던 생각과 감정들이 물러나면 고요와 평정의 순간이 찾아왔다. 좀 더 걸으면 입가에 미소가 번지며 세상을 향한 따뜻한 시선이 작동했다. 오고 가는 사람들에게 온정을 건네고 마음이 열렸다. 세상을 다 가진 사람처럼 마음이 넉넉하고 호대해졌다. 어떤 일도 마주할 수 있을 것 같은 용기가 솟고, 잘 할 수 있을 것 같은 자신감도 생겨났다.

집을 나설 때는 심경이 복잡하거나 답답할 때도 있었다. 외롭거나 무력감이 느껴질 때도 있었다. 하지만 돌아오는 길은 늘 그렇게 가슴이 확 트이고 평화롭고 즐거웠다. 때로는 풀리지 않던 의문이 풀리기도 했고, 해결해야 할 문제들의 묘안이 떠오르기도 했다. 자주 있는 일은 아니었다. 혼자서 3~4시간을 걸을 수 있는 상황도 쉽지 않고, 걷지 않고도 어떻게든 직면해서 해결하려고 노력했기 때문이다.

하지만 쉽게 해결하기가 어려운 문제적 상황에서는 혼자 오래 걷는 일이 꽤 효과적이다. 얼마 전에도 아는 분께 소개했다. 사는 게 힘든 것도 아닌데 행복하지가 않다고 해서 아무 생각 없이 오래 걸어보라고 했다. 그 분은 지금의 행복하지 않은 삶이 어린 시절의 불운했던 경험에서 비롯된 것이라 굳게 믿고 있었다.

불운했던 과거가 현재까지 악영향을 미치게 놔두지 말아야 한다고 했다. 경험하고 배웠으면 떨치고 일어나야 한다. 부처도 '두 번 화살을 맞지 말라'고 했다. 한 번 맞은 것만으로도 충분히 아픈데, 자신이 화살촉을 부여잡고 돌리고 찌르기를 반복할 이유가 없다. 무지의 소산이다. 걷는 일은 그 어리석음을 알아차릴 여유를 준다. 무심코 걷는 동안 심란한 마음이 내려앉으면 우리 의식 바닥에 깔려있는 것들이 있는 그대로 보인다. 보이면 길을 발견할 수 있다.

과거를 놓고 지금 자신의 마음과 상황을 잘 들여다 보자. 불편한데도 들여다보지 않고 '되돌릴 수 없는 과거'를 탓하며 개선의 노력을 하지 않으면 나아지는 삶은 불가능하다. 그래서 스스로를 자세히 들여다보는 것이 중요하다. 진정으로 불편해 하고 있는 것이 무엇인지 어떻게 하면 이 난국을 돌파할 수 있을 것인지 핑계대지 말고 회피하지 말자. 이 불편한 상황의 근본적인 원인이 무엇인지를 깊이 들여다 보자.

문제의 근본원인을 마주할 준비가 되지 않으면 적당한 핑계를 대며 안일하게 포기하기 쉽다. 적어도 자신의 잘못은 아니라고 회피하고 싶은 것이다. 그럴수록 더 걸어야 한다. 아무 생각 없이 혼자서 오래 걷다보면 꽁꽁 싸매서 마음 깊은 곳 한편에 밀쳐둔 내면의 목소리가 들려온다.

물론 쉬운 일이 아니다. 모든 일을 내려놓고 집을 나서야 한다. 걷다가 너무 멀리 가서 걸어서 돌아오지 못할 만큼 갈 때를 대비해서 차비도 갖고 나가야한다. 심경의 변화가 올 때까지 무작정 걸어보길 바란다. 심각한 문제일수록, 인정하기 싫은 문제일수록 아주 오래 걸어야 할 수도 있다. 그런 문제들은 쉽사리 그 정체를 드러내지 않기 때문이다.

모든 사람에게 작동할 지는 잘 모르겠다. 하지만 난 복잡하고 난해한 문제들은 대부분 이렇게 해결해 왔다. 살던대로 살면서, 하던대로의 방식으로 해법을 찾기 어려운 문제들은 다른 방법이 없었다. 기존의 방식을 모두 내려놓고 빈 마음으로 걸어서 영감이 떠올랐던 적이 한 두 번이 아니었다.

복잡하고 난해할수록 임기응변식의 해법이 아니라 깊은 심연에서 길어내는 지혜가 필요하다. 나를 내려놓을수록 지혜는 온전해진다. 내가 들어서 하는 생각이 아니라 나를 내려놓으면 드는 생각 말이다.

지금 이 순간, 해결되지 못한 숙제로 끙끙대고 있는가? 누군가와 머리를 맞대고 대안을 마련하고 싶은 상황인가? 집을 나서라. 가슴에 차오르는 각종 감정들이 섞여서 한 발도 나아갈 수 없다면 무작정 혼자서 오래 걸어보라. 걷다 보면 새로운 세상을 만나게 된다. 집을 나서기 전의 나와는 전혀 다른 나를 만날 수 있을 것이다.

10.

"그래,
바로 그거야"

오랜만에 놀러온 지인이 현관문을 열자마자 질문부터 쏟아낸다.

"제 말 좀 들어보세요. 어쩌면 그런 사람이 다 있어요? 회사에 무슨 일만 있으면 무조건 책임회피부터 하면서 자기 실속만 챙겨요. 연봉은 연봉대로 올리고, 회사 경비로 고급 차를 몰고…. 어떻게 그럴 수가 있어요?"

질문으로 시작된 내용이지만 자세히 들어보면 하소연이다. 상관이라 뭐라 할 수도 없고 회사 일이라 아무한테나 말할 수도 없고, 지금까지 속으로만 끙끙대며 참아왔는데 오늘은 속 시원히 말이라도 하고 싶다면서.

그런데 재미있는 일이 일어난다. 말을 하면서 마음이 풀리고 냉정을 찾으니까 스스로 해결의 실마리를 찾는다. 일단은 자기 혼자만 그런 애로를 겪는 것이 아니라는 사실에 위로를 받았다. 더 심한 경우에 비하면 오히려 다행이라고. 나아가서는 화를 낼 일이 아니라는 것 또한 알아차렸다. 나아가서 그분도 생각이 없는 사람이 아닌데 그렇게까지 하는 데는 나름대로 사정이 있을 수 있다고 이해도 하게 되었다.

타고난 욕심 때문일 수도 있고 성장기에 억압된 결핍감의 표출일 수도 있다고 생각했다. 내면의 열등감이나 약한 존재감을 감추기 위해 겉으로 보이는 연봉이나 고급 차에 집착하는지도 모를 일이라 했다. 생각이 거기까지 미치니 차라리 안됐다는 생각이 들고 더는 화가 나지 않는다고 했다. 그래서 말했다.

"바로 그거야."

지금 이 순간에도 누군가는 자신이 속한 사회나 단체, 조직 내에서 이런 문제로 괴로워 한다. 그들은 도저히 이해되지 않는 사람들 때문에 속상해 한다. 시어머니의 학벌 타령에 시댁에만 가면 맘이 편치 않다는 며느리도 있고, 무뚝뚝한 남편 때문에 스트레스 받는 아내도 있다. 학부모 사회에서도 눈에 거슬리는 사람들이 있는가 하면, 직장 동료나 상하 관계에서 그럴 수도 있다. 사람이 모인 곳에는 늘 이런 어려움이 따른다.

냉정하게 생각해보면, 남들이 살아가는 모습 때문에 우리가 화가 날 일은 아니다. 우리가 어떻게 할 수 있는 일이 아니지 않은가. 하지만, 아무리 권한 밖의 일이라도 맘에 들지 않으면 누구든 거슬리고 미운 마음이 나는 것도 사실이다. 왜 괜히 다른 사람들의 마음에 들지 않는 행동을 보면 화가 나는 걸까?

중국 돈오선을 개창한 육조혜능의 『육조단경』에 이런 구절이 있다. "밖으로 상相, 잣대나 기준에 집착하면 안으로 마음이 어지러워진다. 밖으로 이 잣대나 기준을 떠나면 안으로 어지럽지 않다." 밖으로 어떤 정해진 틀을 가지고 '~이래야 한다. ~저래야 한다.' 고집하면 마음이 어지러워진다는 것이다.

결국, 안으로 내 마음이 어지럽거나 화가 난다면 밖으로 어떤 기준에 대해 집착하기 때문이라는 것이다. 사실 그렇다. '사장은 이러~ 이러~해야 한다' '시댁 식구는 이러~ 이러~해야 한다' '상관은 이러~ 이러~해야 한다' '남편은 이러~ 이러~해야 한다' 처럼 어떤 고정관념이나 정해놓은 기준이 많을수록 삶이 고달파진다. 기준이 많으니 이해하지 못하는 일이 많아지고 힘들어진다.

그러니 마음이 요란해지거나 거슬리는 일이 생기면, 밖으로 상대를 문제 삼을 일이 아니라 안으로 내 마음을 살펴볼 필요가 있다. 내 마음이 어떤 기준이나 잣대에 걸려있는지 보는 것이다. 섭섭한 마음이 나면 그 마음이 생기는 원인을 찾아보고 알아차려야 한다.

"그래, 그거야. 내 기대가 커서 그런 거야."

다른 사람의 말이나 행동이 이해가 되지 않으면 겉모습만 보지 말고 더 깊이 들여다 보자. '저 사람도 그렇게밖에 할 수 없는 어떤 절실한 이유가 있겠지.' 때로는 내 감정의 문제는 아닌지 솔직하게 스스로를 들여다볼 필요도 있다. '그래, 바로 그거야. 나도 그렇게 하고 싶지만 못하고 있는데 저 사람은 하니까 화가 나는 거지. 나의 용기 부족이나 욕심이 문제지 저 사람 문제는 아니지.'

우리는 우리도 모르는 사이에 우리가 속한 조직이나 단체를 너무 아끼는 마음에서, 또는 가슴이 너무 뜨거워서 화가 나거나 불편을 느끼곤 한다. 하지만 조금만 주의를 기울여보면 문제는 보이는 대상이 아니라 평가하고 시비하는 내 마음에 있다는 것을 알게 된다.

남의 시비를 논하기 전에, 내 마음이 걸려 있는 어떤 기준, 잣대를 먼저 찾아보는 것이 중요하다. 상대의 어떤 모습을 놓치고 있는 건지, 나의 어떤 감정에 휩쓸린 건지, 어떤 고정관념에 걸려 있는지 찾아보는 것이다. 그렇게 걸려 있는 기준이나 잣대를 알아차리면 그때부터 시비가 멈추고 이해가 시작된다. 있는 그대로를 담담하게 바라볼 수 있게 된다. 문제는 바로 내 유연하지 못한 기준과 고집이다.

"그래, 바로 그거야."

11.

텃밭에서 배운 삶의 지혜

본격적으로 텃밭을 가꾼 지 10년이 넘었다. 첫 시작은 초등학교 때부터였다. 꽃밭에다 꽃과 함께 고추, 가지, 딸기 모종을 심고 가꾸었다.

누가 시킨 것도 아닌데 초등학교 어린아이가 과자 대신 모종을 사다 길렀다. 딸기가 익을 쯤이면 학교 가기 전에 익은 딸기 숫자를 세어놓고 돌아와서 숫자가 늘어나는 기쁨을 맛보곤 했다. 다육이도 길렀다. 요즘엔 흔하지만 당시엔 그렇게 흔하지 않았다. 친구들 집에서 어린 싹을 얻어다 꺾꽂이해서 길렀다. 심어놓고 새싹이 나고 열매 맺고 익어가는 것을 보는 것이 좋았다. 행복했다.

성인이 되어 다시 채소를 기르기 시작한 것은 아이러니하게 서울 도심의 사무실에서다. 여름에 사무실이 너무 더워서 새싹을 길러보았다. 스티로폼 박스에 길렀지만 예상대로 잘 자랐다. 퇴근 후에는 옥상에 텃밭을 만들고 가꾸었다. 상추, 고추, 방울토마토 등을 길렀다. 약속 있을 때 선물처럼 들고 나갔다. 텃밭에서 직접 기른 루꼴라, 고추, 토마토 등은 받은 이를 행복하게 했다. 보는 내가 더 행복했다.

심지어 냉동실에 넣어 두었던 대추야자를 먹고 무심히 던져놓은 흙 속에서 새싹이 돋아나기도 했다. 놀라운 생명력에 그저 감탄만 나왔다.

본격적으로 농사를 시작한 것은 밴쿠버에서부터이다. 직장을 옮겨 밴쿠버에 갔는데 숙소에 텃밭이 있었다. 혼자 실험해보기에 적당한 크기였다. 구할 수 있는 씨앗은 다 심어보았다. 스칼렛 러너라는 주황색 꽃 넝쿨 콩을 비롯하여 고추, 깻잎, 오이, 호박, 가지, 당근, 부추 등 심을 수 있는 건 다 심어보았다. 심는 대로 모든 것들이 잘 자라 주었다.

그렇게 몇 년 동안 텃밭 농사를 짓다보니 별의 별 일이 다 있었다. 혼자 지내는 숙소에 토끼가 나타나서 반가워했는데 가만히 보니 상추를 먹어버린다. 씨앗부터 애지중지 가꾼 상추를 포기째 먹어버리는 토끼에게 토끼 굴까지 쫓아가서 큰 소리로 말했다. "풀 먹어. 상추 먹지 말고. 한 번만 더 오면 가만 안 둘 거야." 그 이후로 토끼는 상추를 먹지 않았다. 진짜 토끼가 사람 말을 알아들었다. 신기했다.

하루는 달팽이가 넝쿨 콩 떡잎을 통째로 먹어치워 버렸다. 떡잎도 없이 콩나물 대 같은 싹을 보니 차마 뽑기가 미안했다. '두고 보자. 무슨 일이 일어나는지.' 한참 후에 신기한 일이 발생했다. 떡잎도 없는데 땅에서 또 하나의 새 순이 올라와서 자라고 있었다. '포기하지 않는구나. 생명은 쉽사리 포기하지 않아.'

오이 줄기가 부러졌을 때의 일이다. 힘차게 뻗어 나가던 줄기가 부러지니 아까웠다. 사람의 수술을 생각해서 비닐 랩과 아이스크림 막대기를 이용하여 단단하게 싸맸다. 성공이었다. 그렇게 튼튼하게 자라지는 못해도 죽지 않고 계속 줄기가 뻗어 나갔고 작은 오이도 열렸다. 정말 생명력은 대단한 것이었다. 할 수 있는 최선을 다할 뿐 '떡잎 먹었다'고 '줄기 부러뜨렸다'고 성질부리지 않았다.

밴쿠버에서는 냉이를 찾아보기 어려웠다. 그런데 어느 한인 옥수수 농장에 냉이가 있다는 이야기를 들었다. 나도 길러보고 싶어서 모종을 알아봤지만 구할 수가 없었는데 신기한 일이 일어났다. 어느 날 심지도 않은 냉이 5포기가 우리 밭에 나타났다. 간절하면 이뤄지는 법인가. 어디서 따라왔는지 냉이를 키워보고 싶다고 생각한 지 5년 만에 냉이가 저절로 자라난 것이다. 신기한 일 아닌가.

마음을 먹는 일이 중요하다. 간절히 원하면 우주 전체가 그 바람을 들어주려고 온 힘을 기울여준다. '쉽게 이루어지지 않는다고 포기할 일은 아니구나. 불가능할 것 같아도 계속 바라는 일은 위대한 힘이 있구나.' 정말 그랬다. 경험으로 배웠기에 아직도 꿈꾸고 원하는 일을 멈추지 않고 있다.

사람들은 종종 내게 왜 그렇게 힘든 농사를 좋아하냐고 묻는다. 손톱 밑이 새까만 날이 하루 이틀이 아니다. 나는 왜 이렇게 텃밭 농사를 좋아하는가. 절대 많이 하는 건 아니다. 다른 일로도 바쁘니까. 하지만 틈틈이 밭에 나가는 일이 즐거울 뿐 아니라 거기서 나온 채소를 나눠 먹는 일 또한 너무 행복하다.

노동이 주는 특별한 즐거움도 있다. 이 매력 또한 텃밭을 포기할 수 없게 만드는 주된 이유이기도 하다. 텃밭에서는 무슨 일을 해도 쉽게 빠져든다. 삽질을 하고, 씨앗을 뿌리고, 물을 주고, 풀을 뽑고, 수확을 하면서 시간 가는 줄을 몰라 2시간 이상을 구부리고 앉아 있다. 어떤 때는 굵은 땀방울이 얼굴을 타고 뚝뚝 떨어져 내린다. 단순하지만 몸을 움직이며 몰입을 하다 보면 정신이 맑아지고 충전이 된다. 대지와 맞닿은 우주의 기운에 합일하는 느낌이라고나 할까.

잡초를 제거하는 일 또한 묘한 맛이 있다. 밭에 잡초가 무성하면 뽑을 일이 엄두가 나지 않는다. 하지만 마음먹고 날을 잡아서 차근히 뽑아보면 그렇게 어렵지 않다. 생각보다 금방 말끔하게 정리되고 동시에 마음도 정리된다. 이렇게 일심으로 풀을 뽑으면 마음이 비워지고 개운해진다. 정말 풀 뽑기가 주는 기쁨은 머리로는 이해할 수가 없다. 경험한 자만이 느끼는 별미이다. 그래서 아는 사람들은 안다. 이 맛을.

그리고 텃밭의 풀이라는게 조금만 방심하면 금방 무성해진다. 그것은 내가 다른 일에 더 마음을 쓰고 있다는 증거다. 때로는 진짜 바쁜 일을 처리할 때도 있고, 때로는 게으름을 부리고 있을 때도 있다. 마음이 혼란할 때도 밭에 가지 않는다는 것을 알았다. 그래서 풀이 무성할 때는 나를 돌아봐야 할 시점임을 알게 되었다. 며칠 전에도 마찬가지였다. 복잡한 일이 있어서 신경을 쓰지 못했는데 일이 어느 정도 마무리되니 텃밭도 깨끗하게 정리되고 있었다. 확실히 상관관계가 있다.

텃밭에는 채소만 있는 게 아니다. 정말 무수한 생명이 있다. 얼마나 많은 생명이, 얼마나 부지런히 움직이고 살아내는지. 우리도 그저 먹고 살기 위해서만 열심히 산다면 저 벌레들과 무엇이 다른가 생각도 해 보게 된다. 인간이 인간답게 살려면 어떻게 해야 하는지 깊은 물음을 묻게 되는 장소이기도 하다.

또한 채소들이 물과 빛, 거름을 먹고 자라는 것 같아도 주인의 관심과 사랑이 없으면 금방 그 모습이 이상해진다. 특별히 물을 더 주지 않아도 한 번씩 돌아보는 것만으로도 채소들은 더 푸르고 싱싱하게 자라난다. 채소들은 주인의 사랑으로 빛을 발한다 다. 사람의 관심과 사랑이 얼마나 위대한 힘을 갖는지 텃밭에서 또 배운다.

12.
새 날이 밝을 때마다
우리는 다시 태어난다

지난 가을 양귀비 씨앗을 한 움큼 뿌렸다. 싹이 틀지 확신도 없었다. 씨 뿌리기에 조금 늦은 감이 있어서 싹이 나면 고맙고 안 나도 어쩔 수 없다는 심경이었다. 땅을 파지도, 흙을 고르지도 않고 모래흙을 조금 섞어서 그냥 뿌렸다.

그런데 기특하게도 그해 가을 바로 싹이 텄다. 실낱같은 작은 싹들이 돋아나더니 아주 작은 잎을 틔운 채 겨울을 났다. 3cm도 안 되는 그 여린 몸으로 눈과 비바람 맞으며 겨울을 나고, 5월이 되자 꽃이 피기 시작했다. 가늘고 길게 뻗은 줄기 끝에 형형색색의 꽃들이 피어났다. 하늘거리며 피어나는 흰색, 분홍색, 오렌지

색, 빨강색, 테두리가 둘러진 것과 아닌 것, 같은 분홍색이라도 미세한 차이가 있었다. 매일 새벽마다 양귀비꽃을 보며 시작하는 하루가 정말 행복했다.

행복한 건 나만이 아니었다. 이른 새벽부터 싱싱한 주스를 먹으러 나온 벌들도 행복해 했다. 방금 피어난 듯 쭈글쭈글 주름도 펴지지 않은 꽃잎 사이 노란 수술 위로 벌들이 윙윙거리며 신선한 아침을 먹고 있었다. 아름답고 평화롭고 감동적인 순간들이었다.

그런데 어느 날 놀라운 사실을 발견했다. 아침마다 피어나는 수 십 송이의 양귀비꽃이 어제 피어난 꽃들이 아니라는 것이었다. 평소에는 몰랐다. 당연히 어제 핀 꽃에 오늘 피어난 꽃이 더하여져서 저만큼의 꽃이 피어났으려니, 당연히 그렇게 믿었다. 그중 몇 송이는 며칠 동안 피어있는 거라고 막연히 생각했던 것이다. 하지만 그게 아니었다.

하루는 지인에게 꽃구경을 시켜드리러 양귀비꽃밭으로 갔다. 당연히 아침의 싱싱하고 다채로운 꽃들을 보여주고 싶어서였다. 가면서 열심히 설명했다. 다양한 색깔과 모양의 꽃들이 정말 예쁘다고. 기대를 하고 꽃밭에 도착했는데 꽃들이 거의 없었다. 겨우 4~5송이 있을 뿐이었다. 아침의 그 많던 양귀비들은 어느새 꽃잎을 떨어뜨려 땅바닥을 형형색색으로 물들이고 있었다.

"세상에! 아침에 핀 꽃이 다 져버렸단 말이야?"

그랬다. 양귀비꽃은 아침마다 새로운 꽃을 피워내고 있었다. 매일 다시 피어나고 있었던 것이다. 어제의 그 꽃이 아니었다. 새 날이 밝을 때마다 100송이에 가까운 꽃을 피워내고는 한낮의 열기를 견디지 못하고 꽃잎을 떨어뜨렸다. 새 날이 밝으면 아침에 다시 꽃을 피워냈다. 그렇게 하루를 피어나기 위해 작년 가을부터 눈, 비, 바람, 뜨거운 한낮의 열기를 견디며 피고 지고 있었던 것이다. 꽃이 새롭게 보이기 시작했다. 훨씬 애틋했다. 꽃잎 한 장 한 장이 더 정이 가고 소중했다.

양귀비꽃만 그런 것이 아니다. 사실은 이 세상 모든 것들이 매일 나고 죽는다. 순간순간 변하고 있다. 우리가 인식을 못하고 있을 뿐이다. 그래서 소중함도 잘 모른다. 사실 우리도 매일 죽고 매일 태어나는 것과 마찬가지다. 새 날이 밝을 때마다 우리도 다시 태어난다. 매순간 우리 몸의 수많은 세포들이 죽고 새로 태어나고 있다. 우리 마음 또한 잠시도 머물러 있지 않다.

머물러 있다고 생각하는 것이 우리의 착각이다. 무지다. 그래서 너무 일상적인 타성에 젖어서 살고 있다. 내가 매일 새롭게 태어나고 다른 사람들이 새롭게 태어나고 있다면 바라보는 시선도 달라진다. 정말이지 어제 죽을 수도 있는 우리가 오늘 이렇게 살아있는 것만으로도 기적이고 행운이 아닌가. 그런 삶의 소중한 매 순간을 너무 안일하게 여기며 살고 있지는 않은지 반성이 되었다. 나 자신부터 돌아보게 됐다.

매일 최선을 다해 해맑게 꽃을 피우는 저 양귀비꽃들처럼 나도 순간순간을 새로운 마음으로 온전히 살아야겠구나, 만나는 모든 인연 또한 처음이자 마지막인 거구나, 매일 보고 만나는 줄 알지만 그들은 어제의 그들이 아니다. 당연한 것은 없다. 어제 끝날 수도 있는 삶이 이렇게 매일 매일 이어지고 있음이 사실은 기적이다.

눈을 들어 세상을 보니 조금 다르게 와 닿았다. 식상한 방식, 구태를 탈피하고 늘 깨어있는 마음으로 할 수 있는 최선을 다하며 순간순간 온전하게 살고 싶어졌다. 어제의 꽃잎은 어제 이미 지고 없다. 지난 경험들을 고정관념으로 새겨두지 말자. 하루하루 홀가분하게 벗어던지는 양귀비 꽃잎처럼 경험에서 배웠으면 내려놓고 가자. 새날이 오면 새 마음으로 살자.

13.
시간은 사람을 기다리지 않는다

우리는 가까운 사람의 소중함을 쉽게 잊어버린다. 어느 해 5월이었다. 내가 하는 일이라면 무조건적인 믿음과 지지를 보내주셨던 분이 돌아가셨다. 무슨 말씀을 드려도 '좋다'고 하시고, 어떤 일을 해도 '좋다'고 하셨다. 그야말로 전폭적으로 믿어주셨다. 맛있는 음식을 드시면 꼭 시간 내서 데리고 가 주셨다. 늘 "애쓰지? 너무 수고가 많으니까 오늘 멋진 곳 구경시켜 줄게." 드라이브 겸 멋진 식사로 안내하시던 참 고마운 분이셨다.

가까이 계실 때는 기회가 있을 거라고 생각했다. 멀리 떨어져 있을 때는 멀리 있다는 이유로 자주 찾아뵙지를 못했다. 돌아가시기 일주일 전에 통화도 했다. "우리 만나야 하는데…." 어디서든 만날 수 있을 줄 알았다. 만나 뵙고 맛있는 것도 사드리고 감사의 마음도 전해야겠다고 생각했다.

그러다 부고를 받았다. '다음에'가 불가능해져 버린 것이다. 이렇게 빨리 돌아가실 줄은 생각지도 못했다. 함께 찍은 사진 한 장 남지 않았다. 아쉽고 죄송했다.

우리는 소중한 것을 하찮게 여기고 미루지 말아야 할 것을 참 많이도 미루고 산다. 사랑하는 사람이 생기면, 아이가 생기면, 아이 좀 키워놓고, 아이들 대학 보내놓고, 집이라도 장만하면, 조금만 더 여유가 생기면, 시간이 나면. 알 수 없는 '그때'를 위해 미루고, 참고, 아끼고, 모으고, 걱정하며 대비한다.

'그때'는 과연 언제인가?

산 넘어 산이라고 뭔가를 해결하면 '그때'가 '그때'일 수도 있다. 하지만 우리는 매번 미룬다. 다가가면 멀어지는 신기루처럼 우리의 '그때'는 기약 없이 미뤄지는 것이다. 마음을 챙겨 소중하고 중요한 것을 놓치지 말아야 한다. 오늘은 어제의 내일이고 내일의 어제이다.

지금이 바로 '그때'라면, 다음 기회가 없다면, 나조차도 이 세상을 떠날 날이 얼마 남지 않은 '그때'를 살아가고 있다면 어떻게 해야 할까?

미루지 말아야지. 시간은 기다려주지 않는다. 아버지가 돌아가셨을 때도 너무 아쉬웠다. '해외여행도 시켜드리고 양복도 사드리고 외식도 자주 시켜드려야지.' 늘 마음속으로 생각했지만 내 코가 석 자였다. 공부를 해야 했고 여유도 없었다. 할 수 있을 때 형편껏 해드렸어야 했다. 시간은 사람을 기다리지 않는다. 그렇게 아버지는 돌아가셨다. 무슨 바쁜 일이라도 있는 사람처럼. 나중은 없다. 미루지 말아야 한다.

너무 참지 말아야지. 너무 잘하려고 하지 말아야지. 힘들어도 참고 피곤해도 참았다. 잘하려다 나 자신에게 지나치게 엄격했다. 너무 참지도 말고, 너무 엄격할 필요도 없다. 힘들면 힘들다 하고, 피곤하면 쉬면 된다. 오늘 못하면 내일 해도 되고, 영원히 못 한다고 해도 별수 없는 일 아닌가.

너무 아끼지 말아야지. 사람이 환경을 만들지만 그 환경에 지배를 받는다. 너무 아끼고 머뭇거리는 태도가 우리를 둘러싼 환경을 너무 열악하게 만들지는 않는가. 절약하느라 다른 것을 잃어버리는 아낌이 아니라, 현명하게 쓰고 채우는 지혜를 가지는 게 중요하다. 인색한 마음도 인격이니까. 인색한 인격은 덕이 없다. 덕이 없으면 사람을 잃는다. 균형 감각이 중요하다. 쓸 때 쓰고 아낄 때 아낄 줄 아는 분별력이 필요하다.

너무 걱정하지 말아야지. 걱정한다고 해결되는 것도 아니고, 꼭 내 생각이 옳은 것도 아니다. 걱정도 삶의 태도다. 같은 상황이라고 해서 모두가 그렇게 걱정하는 것은 아니다. 미리 걱정하지 말고 그때에 직면하면 된다.

더 많이 사랑해야지. 사랑은 사람을 몰입하게 하고 몰입은 행복감을 불러온다. 뭐하느라 그렇게 바쁘게 주위를 둘러볼 여유조차 갖지 못하고 살았는가. 사람에게 관심을 갖고 더 많은 사랑 주면서 살아야지. 있는 행복을 음미하며 살아야지. 용서 해야지. 한 번 받은 상처 때문에 누군가를 미워하는 일은 자신을 고통으로 내모는 길이다. 더 많이 용서할수록 우리는 과거로부터 자유로워 질 수 있다. 더 많이 이해하고 용서해야 한다.

더 많이 놀아야지. 더 많이 하고 싶은 것을 해야지. 무슨 큰일을 한다고 제대로 놀지도 못하고 하고 싶은 일도 못하고 살고 있는가. 긴장을 내려놓고 휴식을 취하면 더 많은 영감이 떠오르고 사람이 부드러워진다. 죽기 전에 '더 많이 일할 걸' 후회하는 사람은 없다고 한다. '더 많이 놀 걸. 사랑하는 사람과 더 많은 시간을 보낼 걸, 하고 싶은 일을 하는데 더 많은 시간을 쓸 걸.' 한결같이 많이 놀지 못하고 하고 싶은 것을 못했던 것을 후회한다고 한다. 죽음을 목전에 두고 후회하고 싶지 않다.

많은 일을 다짐했다. 시간이 많지 않다. 언제가 그때인지 모른다. 뿐만 아니라 우리 모두 언제 죽을지도 모른다. 막연한 그때를 위해 아껴두거나 미루지 말고 이 순간, 지금이 그때라는 심경으로 후회 없는 삶을 살아야겠다.

고마운 분은 돌아가시면서도 소중한 가르침을 주고 가셨다. 할아버지 한 분을 잃었지만, 내 소중한 인생을 잃지는 않도록 깨침을 주셨다. 게으름 피우지 않고 미루지 않고 '지금이 그 때'라는 심경으로 소중하게 살아야 한다.

EPILOGUE

껍데기를 벗고 자유롭게 훨훨 날아올라라

"이제는 예전의 나로 돌아갈 수 없어. 날개가 솟아 버려서 다시는 번데기로 못 들어가."

통화를 하면서 이런 말을 하고 있는 나 자신을 발견했다. 진심이었다. 우리는 무슨 이유에서든지 온전한 우리 자신으로 살아오지 못했다. 뭐라고 꼭 집어 말할 수는 없지만 외부적인 시선이나 기대를 의식하며 내 인생이지만 내 의지대로 살지 못했다. 관습, 문화, 상식이라는 이름으로 검증되지 않은 어떤 가치에 지배를 받아 왔기 때문이다.

또한 우리는 너무 많은 껍데기에 쌓여있다. 자신도 인식하지 못하는 사이에 선입견, 고정관념, 편견에 갇혀 산다. 그래서 우리는 매사를 있는 그대로 직시하지 못한다. 그저 처음 본 느낌으로, 한 번 들은 정보로, 자기가 좋아하는 편향성을 중심으로 사물을 보고 사람을 판단한다. 이 모든 잘못된 개념들이 켜켜이 쌓여 우리의 눈을 가려왔다.

우리가 상식이라 생각하는 것마저도 그 기준이 모호하기 때문에 전적으로 믿을 만한 것이 못 된다. 적어도 내가 경험하지 못했거나 잘 모르는 것은 모른다고 인식해야지 상식이라는 이름으로 막연히 규정해서는 안 되는 것이다.

우리는 우리의 한정적인 경험이나 소신으로 너무 많은 껍데기에 자신을 휘감는다. 그렇게 세월이 지날수록 운신의 폭이 좁아지며 스스로가 자초한 부자유속에 자신을 가둔다. 나이를 먹었다는 이유로, 이제는 늦었다며 점점 두꺼워져가는 껍데기 속에 주저앉는다.

한번은 각종 영양제 뒤편에 제시된 용법 용량이 '죽지 않을 정도의 권장량'이라는 교수님의 강의를 들은 적이 있다. 상식이나 관습, 문화나 종교적 가르침이 대중에겐 '죽지 않을 정도의 가장 기초적인 가치'정도의 수준일 수 있다는 말이다. 오히려 거기에 갇히면 부자유한 위험성에 빠질 수도 있다. 켜켜이 쌓은 껍데기가 결국 자신을 옭아매는 기준들이 될 수 있는 것이다.

자기 자신을 믿으라. 그리고 스스로 질문하고 답을 찾으라. 그리고 자신 있게 자기 자신의 삶을 살라. 물론 두렵다. 하지만 열린 마음으로 종교적 신념, 문화, 관습을 넘어 상식마저도 내려놓고 스스로 깨닫고 터득한 기준으로 살아도 진리에 어긋나지 않는 삶이 가능하다. 종교적 성자들도 그 길을 가르쳐주려고 갖은 노력을 하였다. 하지만 많은 사람들이 오히려 종교 안에서 성자의 뜻으로부터 멀어지는 경우가 있다. 교조나 성자들의 잘못이 아니라 스스로 잘못 믿은 결과다.

그러니 자기 자신을 믿고 자신이 경험하고 배우고 터득한 가치를 중심으로 살아도 된다. 한 마음 챙겨서 그 모든 판에 박힌 틀에서 벗어나 자유롭게 자기 인생을 살 필요가 있다. 정답은 없다. 하지만 그냥 주어진 세상의 수많은 가치들에 대해 너무 안일하게 살지 말라. 자기 검증 없이 맹신적으로 따르기 보다는 스스로의 검증에 의해 자기 신념으로 보다 자유롭게 살 수 있도록 깨어나라. 껍데기를 벗고 자유롭게 훨훨 날아올라라.

당신도 잠 못 들고 있었군요

1판 1쇄 인쇄 2023년 9월 15일
1판 1쇄 발행 2023년 9월 22일

펴낸곳 Prism
발행인 서진

지은이 은종

편집 성주영

마케팅 김정현 · 이민우 · 김은비
영업 이동진

디자인 양은경

주소 경기도 파주시 광인사길 209, 202호
대표번호 031-927-9965
팩스 070-7589-0721
전자우편 edit@sfbooks.co.kr
출판신고 2015년 8월 7일 제406-2015-000159

ISBN 979-11-91769-49-4(03810)
책값 17,000원

• 프리즘은 스노우폭스북스의 임프린트입니다.
• 프리즘은 여러분의 소중한 원고를 언제나 성실히 검토합니다.